FANTASTIC BEASTS
THE SECRETS OF DUMBLEDORE

完整电影剧本书

神奇动物
邓布利多之谜

完整电影剧本书

〔英〕J.K. 罗琳 〔美〕斯蒂夫·科洛夫斯／著 马爱农 刘娜娜／译

改编自：

J.K. 罗琳 原创剧本

前言来自：

大卫·叶茨

电影幕后信息及评论文字来自：

大卫·叶茨／大卫·海曼／裘德·洛／埃迪·雷德梅尼／科琳·阿特伍德 等

人民文学出版社

著作权合同登记号　图字 01-2022-2367

Fantastic Beasts: The Secrets of Dumbledore. The Complete Screenplay

Text © 2022 J.K. Rowling
Wizarding World Publishing Rights © J.K. Rowling
Wizarding World characters, names and related indicia (including cover artwork) are tm and © Warner Bros. Entertainment Inc. All Rights Reserved.
Wizarding World is a trademark of Warner Bros. Entertainment Inc.
Book design by Headcase Design © 2022 J.K. Rowling
Originally published as 'Fantastic Beasts: The Secrets of Dumbledore. The Complete Screenplay' by Scholastic Inc., US
Simplified Chinese subtitles for the Warner Bros. motion picture translated by 刘娜娜

图书在版编目（CIP）数据

神奇动物．邓布利多之谜：完整电影剧本书／（英）J.K.罗琳，（美）斯蒂夫·科洛夫斯著；马爱农，刘娜娜译．—北京：人民文学出版社，2022（2025.9重印）
ISBN 978-7-02-017224-5

Ⅰ.①神⋯ Ⅱ.①J⋯②斯⋯③马⋯④刘⋯ Ⅲ.①儿童文学—电影文学剧本—英国—现代 Ⅳ.①I561.835

中国版本图书馆CIP数据核字（2022）第101421号

责任编辑　翟　灿　朱茗然
美术编辑　刘　静
责任校对　刘佳佳
责任印制　苏文强

出版发行　人民文学出版社
社　　址　北京市朝内大街166号
邮政编码　100705

印　　刷　北京新华印刷有限公司
经　　销　全国新华书店等

字　　数　107千字
开　　本　680毫米×960毫米　1/16
印　　张　17
印　　数　120001—125000
版　　次　2022年7月北京第1版
印　　次　2025年9月第20次印刷

书　　号　978-7-02-017224-5
定　　价　69.00元

如有印装质量问题，请与本社图书销售中心调换。电话：010-65233595

前　言

和《邓布利多之谜》一起重返 J.K. 罗琳的魔法世界，在创作上令人兴奋，在运筹方面也充满挑战，因为影片是在全球疫情蔓延的时候开始制作的，而且我们的大部分工作都在英国赫特福德郡的利维斯登工作室进行。正是在这里，斯图尔特·克雷格和他出色的艺术设计团队，在受新冠疫情影响的各种旅行限制的阻挠下，在外景地创建了柏林、不丹和中国的魔法场景。我们还重建了之前的魔法世界故事和电影中的一些最令人难忘的场景，包括猪头酒吧、有求必应屋和霍格沃茨校区。

罗琳和斯蒂夫的剧本巧妙地在新旧之间切换，兼顾魔法和情感，讲述了一个正合时宜的政治故事。这个故事的核心，是罗琳笔下最受欢迎、最经久不衰的角色之一阿不思·邓布利多，要面对当前的危险和昔日的遗憾，而纽特·斯卡曼德要带头执行一项任务，阻止格林德沃的权力崛起。

那几个月，世界进入了一种奇怪的冬眠，我们则勉力地把罗琳和斯蒂夫的文字搬上屏幕。

在《邓布利多之谜》中，危险的时代，偏爱危险的人才，但是邓布利多、纽特及其团队通力合作，对付那名一个多世纪以来最危险的巫师，他们所表现出的坚韧和勇气，预示着不管道路多么崎岖，光明和爱都会获得胜利。

大卫·叶茨
2022 年 3 月 21 日

华纳兄弟电影公司出品

盛日影业公司制作

大卫·叶茨作品

神奇动物：
邓布利多之谜

导演	大卫·叶茨
剧本	J.K. 罗琳和斯蒂夫·科洛夫斯
原始剧本	J.K. 罗琳
制片人	大卫·海曼（美国制片人工会）
	J.K. 罗琳
	斯蒂夫·科洛夫斯（美国制片人工会）
	莱昂内尔·威格拉姆（美国制片人工会）
	蒂姆·刘易斯（美国制片人工会）
执行制片人	尼尔·布莱尔　丹尼·科恩　乔什·贝格尔
	考特尼·瓦伦蒂　迈克尔·夏普
摄影指导	乔治·里奇蒙德（英国电影摄影师协会）
艺术指导	斯图尔特·克雷格　尼尔·拉蒙特
剪辑	马克·戴
服装设计	科琳·阿特伍德
音乐	詹姆斯·纽顿·霍华德

主演

纽特·斯卡曼德	埃迪·雷德梅尼
阿不思·邓布利多	裘德·洛
克莱登斯·巴瑞波恩 / 奥睿利乌斯·邓布利多	埃兹拉·米勒
雅各布·科瓦尔斯基	丹·福格勒

奎妮·戈德斯坦…………………………	艾莉森·苏多尔
忒修斯·斯卡曼德…………………………	卡勒姆·特纳
尤拉莉（"拉莉"）·希克斯……………	杰西卡·威廉姆斯
蒂娜·戈德斯坦…………………………	凯瑟琳·沃特森

和

盖勒特·格林德沃…………………………	麦斯·米科尔森

邓布利多之谜

1 内景。地铁车厢——白天

男人和女人默默地坐在闪烁的灯光下。镜头缓慢移动,一个男人握着抓环站在那里,身体随着列车轻轻摇晃。他的脸被挡住了,但是他那顶洒脱不羁歪戴在头上的帽子,看着有点眼熟。

2 外景。地铁站——稍后——白天

列车停了下来。车门打开。人们鱼贯而出,那个戴帽子的男人也在其中。

3 外景。皮卡迪利广场——稍后——白天

戴帽子的男人出现在亮光里,与其他乘客分开。他四下扫了一眼,继续往前走。

4 内景。咖啡馆——白天。

热闹。嘈杂。一名深色齐耳短发的女侍者出现了,镜头跟着她步态优雅地走到靠后的一张桌子前,把一杯热饮放在戴帽子的男人面前:邓布利多。

邓布利多

谢谢。

女侍者

还要点别的吗?

(上)阿不思·邓布利多的服装草图
(右)阿不思·邓布利多档案的前期设计图
空白处预留给活动照片

MINISTRY OF MAGIC
DEPARTMENT OF MAGICAL LAW ENFORCEMENT
FORM NO. 298/71.22DY

- Auror Office - Improper Use Of Magic - Hit Wizards -
- Wizengamot Administration Services -

PLEASE DO NOT COMPLETE THIS SECTION - FOR APPROVED MINISTERIAL PERSONNEL ONLY

THIS INVESTIGATION MUST BE VALIDATED BY A MINISTRY OFFICIAL - USE APPROPRIATE STAMP HERE

SIGNED AND DATED BY SENIOR OFFICER

DEPT. OF MAGICAL LAW ENFORCEMENT - CASE FILE

ALL WITCHES AND WIZARDS BEING INVESTIGATED BY THE DEPARTMENT OF MAGICAL LAW ENFORCEMENT UNDER THE JURISDICTION OF THE MINISTRY OF MAGIC ARE SUBJECT TO THE STRICTEST CONFIDENTIALITY, UNTIL OTHERWISE DEEMED NECESSARY BY THE MINISTER FOR MAGIC. THIS FILE IS CONFIDENTIAL AND INFORMATION APPERTAINING TO THIS CASE FILE MUST BE REPORTED BACK TO THE SUPERIOR MINISTERIAL EMPLOYEE OVER SEEING SAID INVESTIGATION.

CASE FILE NUMBER: 0 0 0 8 1 9 1 7 7 X

ALL INFORMATION REGARDING CASE FILES AND INVESTIGATIVE WORK UNDERTAKEN FOR THE DEPARTMENT OF MAGICAL LAW ENFORCEMENT IS STRICTLY CONFIDENTIAL.

NAME OF WITCH OR WIZARD: ALBUS PERCIVAL WULFRIC BRIAN DUMBLEDORE
NATIONALITY: BRITISH
PRESENT ADDRESS: HOGWARTS SCHOOL OF WITCHCRAFT AND WIZARDRY
DATE OF BIRTH: ✶6/✶/☉ʜ
PROFESSION OR OCCUPATION: PROFESSOR OF DEFENCE AGAINST THE DARK ARTS

INVESTIGATIVE NUMBER: 2 X 0 0 0 1 8 ʀ ʀ
INVESTIGATIVE NUMBER MUST BE CONFIRMED BY SUPERIOR - AS MENTIONED IN ARTICLE 35

PHOTO MUST BE RECENT

HEIGHT: 5' 11"
WEIGHT: 175 LBS
COLOUR OF HAIR: FAIR
COLOUR OF EYES: BLUE
COMPLEXION: FAIR

1 - R. THUMB   2 - R. MERCURY   3 - R. APOLLO   4 - R. SATURN   5 - R. JUPITER
APPLICANT'S RIGHT HAND FINGER PRINTS - ONLY USE ROYAL PURPLE INK

COMPLEXION: FAIR

SPECIAL PARTICULARS: DESCRIBE ANY MARKS OR SCARS
XXX

THE PERSONS MENTIONED BELOW ARE THE KNOWN MEMBERS OF SUBJECTS FAMILY:
SPOUSE: N/A .... BORN AT ....
FATHER: PERCIVAL DUMBLEDORE, BORN AT: XX XX
MOTHER: KENDRA DUMBLEDORE, BORN AT: XX XX

KNOWN HISTORY OF SUBJECT (INCLUDING FAMILY HISTORY & EDUCATION)
KNOWN TO HAVE ATTENDED HOGWARTS SCHOOL OF
WITCHCRAFT AND WIZARDRY. SORTED INTO GRYFFINDOR.
FATHER PERCIVAL DUMBLEDORE SENTENCED TO LIFE
IN AZKABAN FOR CRIMES AGAINST MUGGLES.
MOTHER AND SISTER, KENDRA AND ARIANA DECEASED
IN UNKNOWN CIRCUMSTANCES.
DURING ALBUS DUMBLEDORE'S TEENAGE YEARS, HE IS
KNOWN TO HAVE MET AND BEFRIENDED THE DARK
WIZARD GELLERT GRINDELWALD.

REASON FOR INVESTIGATION: TICK ALL APPROPRIATE OPTIONS
( ) KNOWN ILLEGAL ACTIVITIES   ( ) INFORMANT
(X) SUSPECTED ILLEGAL ACTIVITIES
(X) OTHER KNOWN AFFILIATION WITH DARK WIZARD

SECURITY STATUS
CURRENTLY UNDER INVESTIGATION.

MINISTRY AUTHORIZATION CODE

ALL INFORMATION IN THIS CASE FILE IS STRICTLY CONFIDENTIAL, AND MUST NOT BE DISCUSSED OUTSIDE OF INVESTIGATIONAL TEAM.

SIGNATURE OF SUPERIOR OFFICER   DATE

神奇动物

邓布利多
不，不了，暂时不用，我在等。
（皱眉）
我在等一个人。

女侍者点点头，转身离开。邓布利多注视着她远去，往茶杯里放了一块糖，搅了搅，然后仰起头，闭上了眼睛。镜头久久聚焦于他神色宁静的脸上，过了许久，最后……一道光落在邓布利多的脸上。

邓布利多睁开眼睛，打量着站在桌旁的男人：格林德沃。

格林德沃
你是不是经常来光顾
这家店？

邓布利多
其实也并没有经常来。

格林德沃端详了他片刻，然后在对面落座。

格林德沃
给我看看。

邓布利多盯着他，随即慢慢地摊开一只手：血盟。邓布利多把血盟托在手里时，它的链条在他的手指间游动，如同有生命一样。

格林德沃（续）
有时我好像还觉得它依然挂在脖子上，

邓布利多之谜

毕竟我戴了它这么多年。
你戴着感觉如何?

邓布利多
我们可以解除它的束缚。

格林德沃对此没有理会,他扫视了一下屋内。

格林德沃
我们的麻瓜朋友们是不是很聒噪?但是必须承认:
他们泡的茶确实不错。

邓布利多
你的所作所为太过疯狂——

格林德沃
我们约定过要一起做。

邓布利多
当时太年轻。我还——

格林德沃
——还对我承诺过。关于我们。

邓布利多
不。我曾与你同道是因为——

神奇动物

格林德沃
因为什么?

两人互相凝视,然后邓布利多又把目光移开了。

格林德沃
是啊。但是原因并非如此。
你说过我们要一起重塑这个世界。
你说那是我们的权利。

格林德沃向后靠去,眯起眼睛。深吸一口气。

格林德沃(续)
你闻得到吗?一股恶臭?
你当真打算背叛自己的同类吗?
为了这些畜生?

邓布利多眼神移动,碰到了格林德沃刚硬的目光。

格林德沃(续)
有没有你,我都将焚毁他们的世界,
阿不思。无论你做什么都无法
阻止我。好好喝茶吧。

随着格林德沃的离开,嗡嗡的背景声又响了起来。邓布利多低头凝视自己的茶杯,看着它在坚硬的桌面上微微颤抖。随着杯内液体的振动,他似乎也迷失在其中。

邓布利多之谜

镜头里火焰熊熊，片刻之后，切换至……

5 内景。邓布利多的房间——霍格沃茨——早晨

邓布利多站在窗前，双眼紧闭。镜头缓缓聚焦于他时，他睁开眼睛，回到了现实中。

他手里拿着血盟，链条缠在他的手腕上。

6 外景。湖——天子山——同一时间——夜晚

一片开阔而美丽的风景。在一轮低悬的月亮下，石灰岩柱在一座山——仙目峰——阴影下的湖水中巍然耸立。

纽特将小木筏划过湖面。

7 外景。天子山——稍后——夜晚

一双脚轻轻踏上岸，离开了摇摆的小木筏，纽特·斯卡曼德出现在了镜头里。

他开始穿过竹林往山上爬，湖泊和大大小小的支流渐渐远去。

远处传来一只动物的叫声，令人动容地在山间回荡。纽特听了一会儿。皮克特站在纽特的肩膀上，也在聆听。

邓布利多和格林德沃少年时为统治魔法世界制订了一个计划,目前格林德沃正试图实施这个计划。然而邓布利多已经改变了。他认识到自己所犯的错误,正在尽最大努力去纠正。我认为这非常了不起:我们在人生中都犯过错误,而无论我们是谁,都必须坦然承认错误,从错误中吸取教训,然后继续前进。

——大卫·海曼
(制片人)

邓布利多之谜

纽特
(低声)

它快生了。

8 外景。山谷——天子山——稍后——夜晚

纽特迅速而小心翼翼地朝一个大教堂似的大山洞的洞口移动。当他靠近时,洞里有个东西在阴影中半隐半现。

9 外景。山谷——天子山——稍后——夜晚

纽特温柔地伸出手,抚摸动物的后背,它轻轻翻了个身,原来是一只麒麟:半是龙,半是马,力量强大,性格温和。它呼吸急促,皮肤在抽搐,上面斑斑点点,昆虫、细枝碎叶和灰尘凝结在它的皮毛上。

它又叫了一声。

一道金光在它脚下的地面显现。纽特痴迷地露出了微笑。慢慢地,从母麒麟身下诞出了一只漂亮而柔弱的麒麟宝宝,它眨巴着眼睛,却什么也看不见。它好奇地嗅着气味,发出轻轻的叫声,小小的身体有节奏地散发着金光,短暂地照亮了低头看着它的纽特和皮克特的脸。

纽特退后一步,注视着母麒麟把小麒麟舔干净,小麒麟身体发抖,跌跌撞撞。

纽特·斯卡曼德的服装草图

我们终于看到纽特在什么状态下最好、最快乐了，那就是在野外追踪动物的时候。这里的动物是一种非常美丽而非凡的生物，叫麒麟，在魔法世界中享有神秘的地位。我一直很喜欢纽特的一点是，他身体的笨拙和轻微的社交障碍，与他在自然界中的敏捷和灵巧，形成了一种奇特的对比。因此，当我第一次看到剧本，看到影片开始时类似《夺宝奇兵》的精彩一幕时，我感到十分兴奋，因为这是纽特最轻松自在的时候。

——埃迪·雷德梅尼

（纽特·斯卡曼德）

神奇动物

纽特

(看了一眼镜头外的皮克特)

太美了。

(停顿)

好了,你们两个。接下来,可能有点麻烦。

纽特弯腰拿过他的手提箱,把它轻轻打开。只见一张蒂娜的照片贴在箱盖的里面。

一些身影穿过茂密的灌木丛走来,魔杖被抽出……

……巫粹党罗齐尔和卡罗一步步逼近,眼睛贪婪地盯着小麒麟。

嗖的一声,罗齐尔和卡罗同时举起魔杖,发射咒语,割开了母麒麟的皮。它喝醉般摇晃着身体,冲着黑夜发出咆哮,然后——腿脚一软——瘫倒在地。

一场猛攻:

纽特射出一个防御咒,形成一面盾牌,然而已经晚了。

镜头回扫,巫粹党中间出现了一个黑色的身影:克莱登斯,看起来更成熟、更自信了,他用魔杖击穿了纽特的盾牌。

纽特用魔杖指着自己的手提箱。

纽特(续)

箱子飞来!

小麒麟草图

神奇动物

手提箱飞到他手中。

克莱登斯穿过了盾牌，纽特纵身跃过山谷的边缘，从一道危险的陡坡下落，他跳起来，然后在灌木丛中跌跌撞撞、磕磕绊绊。

砰，一个咒语从身后袭来，周围的竹子被击碎，手提箱从他的手中滚落。

前面，可见那只小麒麟站在矮树丛中，那么惊恐和脆弱。

纽特加快脚步，放眼望去……

……几条腿从手提箱里冒出来，带着箱子一路碰撞着滚下山，奔回到他的身边。

卡罗闪电般扑向纽特，伸出双手去抓小麒麟。纽特反击，把她打得向后飞去。

砰！又一个咒语从纽特头顶上呼啸而过，纽特低头躲过，同时一把搂住小麒麟，把它抱了起来。就在这时，又一个咒语击中了他，使他从高处飞起来，向下坠落。

从下面看去，纽特的身体深深落入了旋转的水流。

在泛着泡沫的水面上，皮克特冒出头来，沿岸游着，发现纽特失去知觉的身体漂到对岸停住不动了，它很是担心。

宽镜头……

跟哈利·波特或魔法世界的其他英雄相比，纽特并没有被塑造成最伟大或最强大的巫师，但他有自己独特的魔法才能。所以在这场与克莱登斯的较量中，纽特没有直接用魔咒斗法，而是更多地使用了自然元素，比如把树叶变成旋风或盾牌。他的魔法也许不是最强大的，但给人的感觉却是他这个角色所特有的。

——埃迪·雷德梅尼
（纽特·斯卡曼德）

神奇动物

……场景位于一系列美丽而壮观的瀑布脚下,这些瀑布都是从仙目峰倾泻而下的。

有那么一会儿,纽特神情恍惚地躺在那里,对天空眨巴着眼睛。最后,他抬起头来。

纽特的视角

……沙比尼拿着一个袋子,罗齐尔伸手抱起小麒麟,粗暴地把它塞进了袋子。嗖!他们瞬间就消失了。

纽特挣扎着站起身。

镜头转至:

……纽特跟跟跄跄地返回山谷,一只胳膊搂着手提箱。他爬到了山谷的高处。母麒麟躺在阴影里,一动不动。纽特瘫倒在母麒麟完全静止的身体上。他的胸脯痛苦地剧烈起伏。

纽 特(续)
真是对不起。

纽特眯起眼睛向上看,扫视着空荡荡的天空。他的眼皮变得沉重……睡意袭来……胸口的起伏变得平稳……突然:

他的脸上放出柔和的光芒。

他的眼睛颤动着睁开。他脚下的大地焕发出生机。

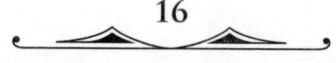

邓布利多之谜

他转过身,打量着母麒麟,只见它眼睛周围的肌肉在抽搐,然后……

……一声柔弱的轻叫打破了寂静。身后的光变得更亮了,纽特转过身,看着……

……第二只小麒麟扭动着身子出现了。它挣脱出来,迟疑地环顾四周,然后与纽特对视。小麒麟钻进纽特怀里,纽特笑了,转向母麒麟……却突然怔住了。

纽 特(续)
双胞胎。你生了双胞胎……

就在他的注视下,一滴眼泪从母麒麟的眼睛里流了下来,它的瞳孔放大了。纽特面色一沉。他向后舒展身体,靠在母麒麟失去生命的身体上。

皮克特慢慢地从纽特的口袋里探出头来,好奇地盯着小麒麟。

纽特朝手提箱点点头,皮克特跳了过去,停在一个弹簧锁上,回头等候指示。

纽特仍然紧抱着小麒麟,伸手打开了一边的弹簧锁,皮克特将另一边也打开了。

泰迪探出头,看见了纽特,然后看着那边的小麒麟。

镜头从手提箱内部的深处,追随一只气翼鸟的长腿,缓缓地升向空中,经过箱盖内侧贴着的蒂娜·戈德斯坦的照片,又经过泰迪,然

后冲出手提箱,飞向仙目峰。

气翼鸟的身体开始神奇而美丽地舒展开来。纽特用他最后一点力气把麒麟搂紧,藏在大衣的皱褶里。小麒麟颤抖着,在他的怀里轻轻叫唤。

气翼鸟用尾巴裹住了纽特,他和小麒麟被轻轻拎到了空中。

气翼鸟升入高空,一双雄伟的翅膀优雅地张开,带着纽特和小麒麟飞过蔚为壮观的瀑布,飞向地平线,地平线上正微微闪烁着晨光。

片名出现:

邓布利多之谜

10 外景。城堡入口／庭院——纽蒙迦德——早晨

镜头移动,只见格林德沃正在离开城堡,巫粹党们幻影显形,出现在庭院的尽头。

克莱登斯独自走上前。

格林德沃的眼睛盯着克莱登斯手中的袋子。罗齐尔在近旁徘徊——沉默而警惕。格林德沃走上前。

格林德沃
都回避。

纽蒙迦德城堡的场景概念图

神奇动物

巫粹党们一言不发地退去。其中一两个扭头看了看，意识到现在得宠的是克莱登斯。此刻身边只有克莱登斯了，格林德沃朝袋子点点头。

格林德沃（续）
拿出来。

格林德沃接过麒麟，深深地凝视它湿润的眼睛。它颤抖的鼻子里流淌出黏液。

克莱登斯
他们都说这个东西很特别。

格林德沃
它可是意义非凡。你看，看到它的
眼睛了吗？它的双眼能看透一切。
每当麒麟诞生之时，能给世界带来变革的
领袖也会随之崛起。它的出生
将带来改变，克莱登斯，改变一切。

克莱登斯疑惑地看着麒麟。

格林德沃（续）
干得漂亮。

格林德沃把手放在克莱登斯的面颊上。克莱登斯迟疑地把自己的手盖在格林德沃的手上，似乎不习惯这样的亲密接触。

邓布利多之谜

格林德沃（续）

去吧。休息一下。

11 内景。客厅——同一时间——早晨

奎妮看着克莱登斯从视线中消失，然后把注意力转向格林德沃。格林德沃轻轻地把麒麟放在石板地上，显然很痴迷地打量着它。

他伸出手，轻轻地把麒麟扶起来，让它站稳，自己蹲在它前面。一时间，没有任何反应。然后，麒麟慢慢地抬起头，疲倦的目光与格林德沃满怀期待的目光相遇。然后……

……它转过身去。格林德沃顿时神色凝重。他抱起麒麟，搂在怀中。他把手伸进口袋，当他缩回手时，什么东西迅速闪了一下。这时格林德沃举起了手臂……

……鲜血溅在石板地上，格林德沃手中闪亮的刀刃被染红了。奎妮倒吸了一口气——声音轻得几乎听不见。

血泊中出现了一个画面，是从上方俯瞰着的两个人影走在雪地里。

镜头转至：

12 外景。霍格莫德村——白天

纽特和忒修斯在雪地里艰难行走，经过破破烂烂的格林德沃通缉令——"你见过这个巫师吗？"

霍格莫德村的场景概念图

忒修斯
看来你不打算告诉我
这是要去做什么,对吧?

纽特
他就说要见一见,
还让我一定要带上你。

忒修斯
嗯,好吧。

他们继续向前,走进了霍格莫德村,一路上忒修斯都在端详着纽特。

13 内景。猪头酒吧——稍后——白天

留着胡子的酒吧老板(阿不福思·邓布利多)用一块脏抹布擦着吧台后面的镜子,他在镜子里看见纽特和忒修斯走进来,狐疑地把目光移了过去。当他们扫视肮脏的环境时,他继续擦镜子。

阿不福思
我猜你们是来这里找我哥哥的。

纽特走上前来。

纽特
不,先生,我们来见阿不思·邓布利多。

阿不福思又在镜子里看了他们一眼,然后转过身。

邓布利多之谜

阿不福思

他就是我哥哥。

纽特

抱歉,我……太好了。我是纽特·斯卡曼德,这位是——

纽特伸出手,阿不福思转过身去。

阿不福思

上二楼。左手第一个房间。

纽特伸着手在原地又站了片刻,然后点点头,转向忒修斯。忒修斯扬起了眉毛。

14 内景。楼上房间——猪头酒吧——续前——白天

邓布利多

纽特说过为何而来吗?

忒修斯

他本该说?

邓布利多看着忒修斯,注意到了他语气中温和的挑衅。

邓布利多

不,其实就是这样的。

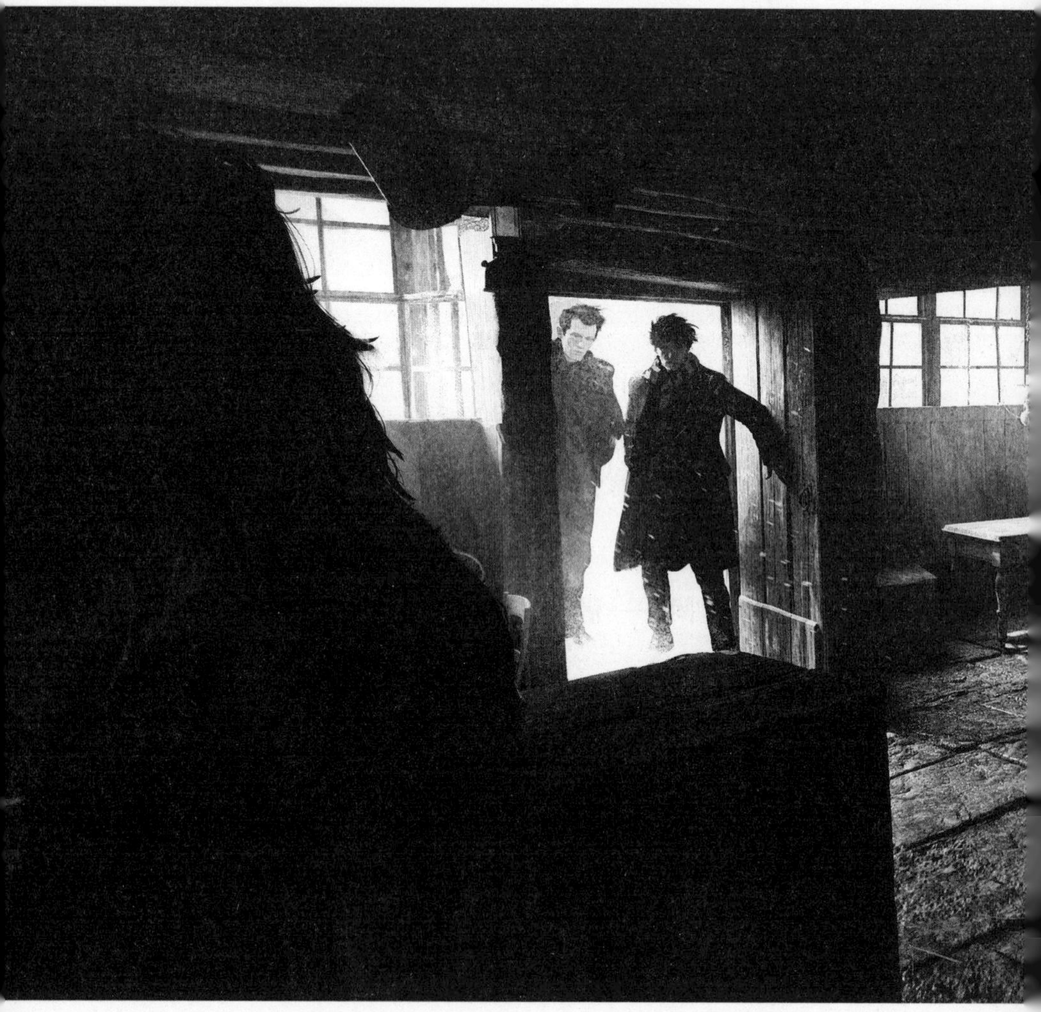

猪头酒吧的场景概念图

神奇动物

忒修斯把眼睛转向纽特,纽特努力迎住他的目光。

纽特
有件事情,我们——
应该是邓布利多想和你谈一谈。
这算是一个提议。

忒修斯端详着弟弟,然后是邓布利多。

忒修斯
好吧。

邓布利多走到房间另一头,从桌上拿起血盟,把它悬在火光里。

邓布利多
你肯定知道这是什么。

忒修斯
纽特在巴黎拿到的。虽然不敢说
我对这个东西有多么了解,
但是它看上去是个血盟。

邓布利多
你说得没错。

忒修斯
这里面装的是谁的血?

邓布利多始终是一个谜。他充满活力,性格中带有一丝俏皮,同时又能应对极高的风险。但是邓布利多和纽特之间还有一种类似父子和师徒的关系。在前两部电影中,邓布利多似乎只派纽特去替他做一些辛苦的事。而在这部电影中,他开始让纽特参与计划了。

——埃迪·雷德梅尼
(纽特·斯卡曼德)

神奇动物

邓布利多
我的。

（停顿）

还有格林德沃的。

忒修斯
这就是你不能对他出手
的原因？

邓布利多
是这样的。他对我也是如此。

忒修斯点了点头，注视着血盟，看着两滴血像钟里的重锤一样互相绕圈追逐。

忒修斯
能问问你当初为什么
会做这样的事吗？

邓布利多
感情。傲慢自大。幼稚无知。
怎么选都行。我们当时都很年轻。
一心想改变这个世界。就算有人变心，
血盟也能保证计划继续进行。

忒修斯
如果你要动手会有怎样的
结果？

邓布利多之谜

纽特期待地看着邓布利多,但他凝视着血盟,一言不发。

邓布利多

不得不承认,这个东西真是太美了。
哪怕我仅仅产生一丝和他
作对的念头……

血盟闪烁着红光飞了出去,从地板上弹到了墙上。邓布利多拔出魔杖瞄准时,仍缠在他手臂上的血盟链条绷紧了,紧紧地勒进他的肉里。

纽特和忒修斯在一旁看着,血盟已经嵌进了墙里,邓布利多开始朝它靠近,脸上浮现出一抹奇怪的微笑,仿佛他受着血盟的奴役。

邓布利多(续)

它都能感觉到,你们看……

邓布利多惊愕地凝视着。他手上的青筋肿胀起来,样子十分可怕。他咧了咧嘴,魔杖从指间掉落。

邓布利多(续)

它能感应到我心中的背叛……

纽特把目光转向那两滴血,它们在血盟里更猛烈地互相绕圈追逐。

邓布利多继续盯着血盟,只见它在墙上颤抖得更厉害了,链条如蛇一般慢慢爬上他的喉咙,缠住他的脖子……

> 这是邓布利多生命中一个有趣的时期：我们通过"哈利·波特"系列电影逐渐爱上的那个男人，此时还没有完全定型；我们可以看到阿不思正在经历情感和人生的重大决策和状况，而凡此种种，最后使他成为了日后那个备受爱戴的智贤校长阿不思·邓布利多。我们可以看到他怎样面对自己的过去，面对昔日的朋友和敌人，同时也面对他自己。

——裘德·洛
（阿不思·邓布利多）

邓布利多之谜

纽特

阿不思……

……越勒越紧,越勒越紧……

纽特(续)

阿不思……

……他的眼珠往上翻……

纽特(续)

阿不思!

血盟落到地上,接着飞回邓布利多的手里,链条从他的脖子上滑落,重新连接它的宿主——血盟。渐渐地,链条松开,邓布利多的胸口开始起伏,似乎他刚想起来要呼吸。他张开手。在他的手心里,血盟颤动了几下,归于平静。

邓布利多

这还算是最轻的后果。虽是
少年魔法,但如你们所见,
威力十分强大。根本无法可解。

忒修斯

刚才说的提议。我想跟这麒麟
有关是吗?

邓布利多把目光转向纽特。

神奇动物

纽特
他保证过不会说出去。

邓布利多又转向忒修斯，回答他的问题。

邓布利多
如果想要打败他，麒麟是计划的一部分。
我们熟悉的世界正走向毁灭。
盖勒特利用仇恨与偏执，将它分裂。
在今天看似不可想象的事情，
有可能在明天将不可避免，
除非我们阻止他。你若愿意按照
我的吩咐去做，就一定要相信我。
即使本能告诉你不要这么做。

忒修斯看着纽特。最后，他抬头再次与邓布利多对视。

忒修斯
说说看吧。

15 内景。克莱登斯的房间——纽蒙迦德——白天

克莱登斯的脸出现了。他在镜子里看到自己的眼睛，然后举起一只手。他眼睁睁地看着一只苍蝇爬过他的手臂。他目瞪口呆，然后移开了目光。

奎妮站在门口。

奎妮·戈德斯坦的服装草图

克莱登斯
是他派你来监视我的吗?

奎妮
不。但是他会问起你。
问你在想什么。情绪怎么样。

克莱登斯
那其他人呢?他也问他们的
想法和感受吗?

奎妮
是的。可是,主要问的是你。

克莱登斯
你会告诉他吗?

她刚想回答,却犹豫了。克莱登斯手上的血管颜色变浅,恢复正常,他转过身,第一次直视着奎妮。

克莱登斯(续)
你会?

他笑了,但有点让人不安。

克莱登斯(续)
现在是谁在读谁的想法呢?
(笑容消失)

邓布利多之谜

说说你看到的。

她打量着他，然后：

奎妮
你姓邓布利多。这是个很
重要的家族——这事你知道，
因为他告诉过你。他也说过，
是那家人抛弃了你，你的存在，
是个见不得人的秘密。他还说，
邓布利多也抛弃了他，他懂你的感受。
正因为如此……他才想让你亲手
杀了他。

克莱登斯的笑容凝固了。

克莱登斯
请你离开这儿，奎妮。

她点点头，准备离开，走到门口又停住了。

奎妮
我不会告诉他的。不是每次都说。
也没全说。

她退出去，轻轻关上了门。克莱登斯站在那里，一时间没有动弹，然后镜子吸引了他的目光。慢慢地，似乎被一只隐形的手写出来，字母开始在镜面上出现。

神奇动物

……原谅我……

克莱登斯看上去并不惊讶。他走上前,举起自己的手……把镜子擦干净。

16 外景。科瓦尔斯基烘焙坊——下东区——黎明前

破旧的金属卷帘门咔啦啦地打开,出现了站在寒风中的雅各布·科瓦尔斯基孤独落寞的身影。他忧郁地盯着小店里面。

17 内景。科瓦尔斯基烘焙坊——续前——黎明前

烤箱的门打开,可见雅各布在查看烤箱的火是否还在烧着。

他抓起一把鬃毛刷,走到橱窗前,开始清扫昨天的面包屑,驱赶偶尔出现的蟑螂。

18 内景。后房——科瓦尔斯基烘焙坊——稍后——黎明前

特写——婚礼蛋糕

一层白色的糖霜。棉花糖做的圣坛。两个小小的雕像:新娘站在圣坛前。新郎脸朝下倒在一堆糖霜中。

雅各布小心翼翼地拿起新郎,把他重新放在新娘旁边,突然——叮叮!——小店的铃响了。他又把新郎放倒在糖霜上。

雅各布·科瓦尔斯基的服装草图

KOWALSKI ƙ BAKERY

WE MAKE
BREAD, PASTRIES, CAKES
AND
FANCY CONFECTIONS.

PIERNIK ~ PACZKIS
FAWORKI AKA ~ CHRUST

FROM 2¢ EACH, OR 4 FOR 6¢.

BABKA ~ MAKOWIEC
SERNIK ~ BY THE SLICE.

BREADS FROM 5¢ A LOAF.
INCLUDING

OBWARZANEK KRAKOWSK
CHALLAH ~ ANGIELKA
AND
SLĄSK BREADS.

№ 0022

KOWALSKI BAKERY
443 RIVINGTON STREET. N.Y.

BREAD, PASTRIES, CAKES
AND FANCY CONFECTIONS.

WE DELIVER — ASK IN STORE.

M _____

DATE _____ 192 ____

SALESMAN _____

SIGNED _____

THANK YOU FOR YOUR CUSTOM.

（上）科瓦尔斯基烘焙坊的收据单
（左）科瓦尔斯基烘焙坊的价目表

19 内景。科瓦尔斯基烘焙坊——稍后——黎明前

雅各布肩上搭着围裙出现,突然停住了。

雅各布

嘿,我们打——

一个女人端详着远处的糕点柜。

雅各布(续)

奎妮。

女人转过身,粲然一笑。是奎妮。

奎妮

嗨,亲爱的。

雅各布走上前。

奎妮(续)

亲爱的,你看你的烘焙坊,
现在变得空荡荡的。

雅各布

是啊,我太想你了。

雅各布的眼里涌出泪水。

邓布利多之谜

奎妮
哦,宝贝儿。快过来好吗……快过来。

她把他抱在怀里。他闭上眼睛。

奎妮(续)
嘿,所有事情一定会好起来的。
所有的事情都会一切正常的……

角度切换——雅各布在空荡荡的店里拥抱着自己。

他睁开眼睛。看着自己空空的怀抱。叹了口气。透过肮脏的橱窗,他看见一个样子很害羞的年轻女子(拉莉·希克斯)坐在街对面公共汽车站的长椅上。

20 外景。公共汽车站——下东区——续前——黎明前

拉莉开始看书。镜头推进,三个工人正在朝她靠近。

其中一个与其他人分开。

工人甲
嘿,美女。怎么一个人
来市里?

拉莉继续看书。

神奇动物

拉莉
这么无聊的开场白，真希望不是
你想了一整天才憋出来的。

男人对拉莉的反应很吃惊，拉莉仍全神贯注地看着腿上的书。

工人甲
你想让我吓唬你？是这么
想的吗？

拉莉严肃地打量着工人，工人期待地等待着。最后：

拉莉
我想你其实也知道，你就是
没有吓人的气势。

工人甲
我觉得我气势还是挺吓人的。
我这样不吓人吗？

他转向两个同伴，他们似乎有些犹豫。

拉莉
也许你要是同时挥动双臂。
来点儿疯疯癫癫的感觉。
那样看起来会更吓人一些。

工人继续疯狂地做出各种姿势，拉莉的身体微微向左倾斜，注视着街对面。

      拉莉（续）
 就这样，再加把劲。

21 内景。科瓦尔斯基烘焙坊——续前——黎明前

雅各布眯起眼睛看着，那个逼近拉莉的工人开始挥舞手臂。

22 外景。公共汽车站——下东区——续前——黎明前

      拉莉
 动作再大一点儿。不要停，非常好。
 三，二，一……

      雅各布（画外音）
 喂！

雅各布从烘焙坊冲了出来，带着满身的"殖民地女孩"牌面粉，大步穿过街道，同时用一把金属勺敲打着平底锅。三个工人绕过拉莉，开始走向雅各布。

      雅各布（续）
 别胡闹了。快离开这里……

      工人甲
 你想怎么样，烤面包的？

神奇动物

雅各布
我的天哪。你们该为自己
感到羞愧。

拉莉仔细看着三个男人包围雅各布,目不转睛。

雅各布(续)
要不这样吧,我让你先动手,
来吧——

工人甲
你确定?

砰!

工人甲倒地。雅各布愣住了。几秒钟后,他一松手,平底锅当啷掉在地上。

工人甲一骨碌坐起来,揉了揉脖子。

工人甲
这是我最后一次给那个女人
帮忙了……拉莉!

拉莉用魔杖碰了碰自己土气的齐耳短发,顿时——变化接踵而至——她富有光泽的头发披散下来,眼镜消失了,过时的连衣裙和硬领衬衫变成了做工考究的宽松长裤和一件柔软飘逸的短上衣。

邓布利多之谜

拉莉
对不起，弗兰克。只是我有时候控制不住力道。后面的事我自己来。真谢谢你们！

工人丙
不用客气。

工人乙
回头见，拉莉……

拉莉
再见，斯坦利，有时间我会去你家一起玩巫师游戏。

工人乙
没问题。

拉莉
那是我表哥斯坦利。他是个巫师。

立刻，雅各布捡起了平底锅，开始摇着头往后退。

雅各布
不要！

拉莉
求你了，一大早的，

神奇动物

你就配合我一下。

雅各布
我说了我不想掺和进来。

拉莉
别这样,科瓦尔斯基先生——

雅各布走进了烘焙坊。

雅各布
我的心理医生还说世上根本没有
巫师。那些钱都白花了!

拉莉神奇地出现在烘焙坊里,站在他对面,啃着一个肉桂面包。

拉莉
你知道我是个女巫,对吧?

雅各布
对。听着。你看起来像个
好女巫,你根本不知道我
经历了什么——能不能
求求你别再来打扰我了。

雅各布打开门,示意拉莉离开。拉莉继续说话,雅各布便离开了店铺,手里还拿着平底锅。拉莉跟了上去。

邓布利多之谜

拉莉
（口若悬河）

大约是在一年多之前，
为了申请一笔贷款用来做点儿
小生意，你走进了斯蒂恩国家银行
的大门——距离这儿大约有
六个街区——你在那儿结识了
纽特·斯卡曼德，他是世上
最杰出的，也是独一无二的
神奇动物学家，从此你认识了一个
自己之前从未察觉到的世界，
你和女巫奎妮·戈德斯坦
相识相爱，而后被抹去了记忆，
但是咒语没有生效，于是后来，
你和戈德斯坦小姐重逢，
但是，在你拒绝和她结婚之后，
她毅然加入了盖勒特·格林德沃
与他的邪恶大军，而且他们
是四百多年来对你我两个世界和平
最大的威胁。我说得怎么样？

雅各布坐下，瞪着眼睛。

雅各布

面面俱到。除了奎妮变成坏人
那个部分。我是说，
对，她确实有些犯傻，
但是她的心地比这岛上

神奇动物

所有的人都善良,而且她还特别聪明,
你知道吗?她能知道你脑子里在想些什么,
用你们的话叫——

拉莉

摄神取念者。

雅各布

是的……

雅各布叹了口气站起来,开始向烘焙坊走去。片刻后,他转向拉莉。

雅各布(续)

听着。看见这个了吗?看到这锅了吗?

（举起平底锅）

我就好比这口平底锅。破旧不堪,
而且平平无奇,普通人一个。
虽然我还不知道你到底有什么疯狂的打算,
女士,但是你肯定能找到比我
更合适的人。
再见。

雅各布转身,步履蹒跚地慢慢走向烘焙坊昏暗的灯光。

拉莉

我不这么认为,科瓦尔斯基先生。

他停住了,但没有转身。

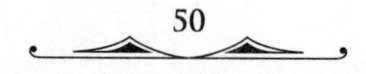

邓布利多之谜

拉莉（续）
你明明可以躲在柜台后，
可是你没有。你完全可以冷眼旁观，
可是你也没有。事实就是，
你情愿以身犯险，也要去帮助
一个完全陌生的人。依我看，
这个世界现在正需要像你这样的普通人。
只是你自己还没发现，
所以我来帮你看清楚。
（停顿）
我们需要你，科瓦尔斯基先生。

雅各布望向烘焙坊中的婚礼蛋糕，做了决定，转身面对拉莉。

雅各布
好吧。叫雅各布就好。

拉莉
我叫拉莉。

雅各布
拉莉。我得把门锁好。

拉莉一挥魔杖。门关上了，灯熄灭了，烘焙坊的卷帘门落下。雅各布身上的衣服也变了样。

雅各布（续）
谢谢。

神奇动物

拉莉
这样好多了，雅各布。

拉莉让那本书从手指间滑出来，硬封皮拍打着，书轻轻在空中飘浮，书页开始翻动。

她伸出手，书页越翻越快，接着装订线突然爆开，书页像五彩缤纷的蝴蝶一样散向空中。

拉莉（续）
我想你知道这是怎么回事吧，雅各布。

他们的手相碰时，书页形成的龙卷风落下来把他们吞没——嗖！——两人消失了。几秒钟后，书页又飞回到封皮里。

又过了几秒钟……只剩几张散页飘落到地上。

23 外景。德国乡村——白天

火车行驶在勃兰登堡州的乡村。镜头来到火车尾部的一节车厢里。

24 内景。魔法列车车厢——白天

尤瑟夫·卡玛站在车窗边，看着白雪皑皑的乡村在窗外掠过。纽特和忒修斯站在熊熊燃烧的炉火旁，忒修斯手里拿着一份《预言家日报》。在忒修斯的报纸上可以看到：

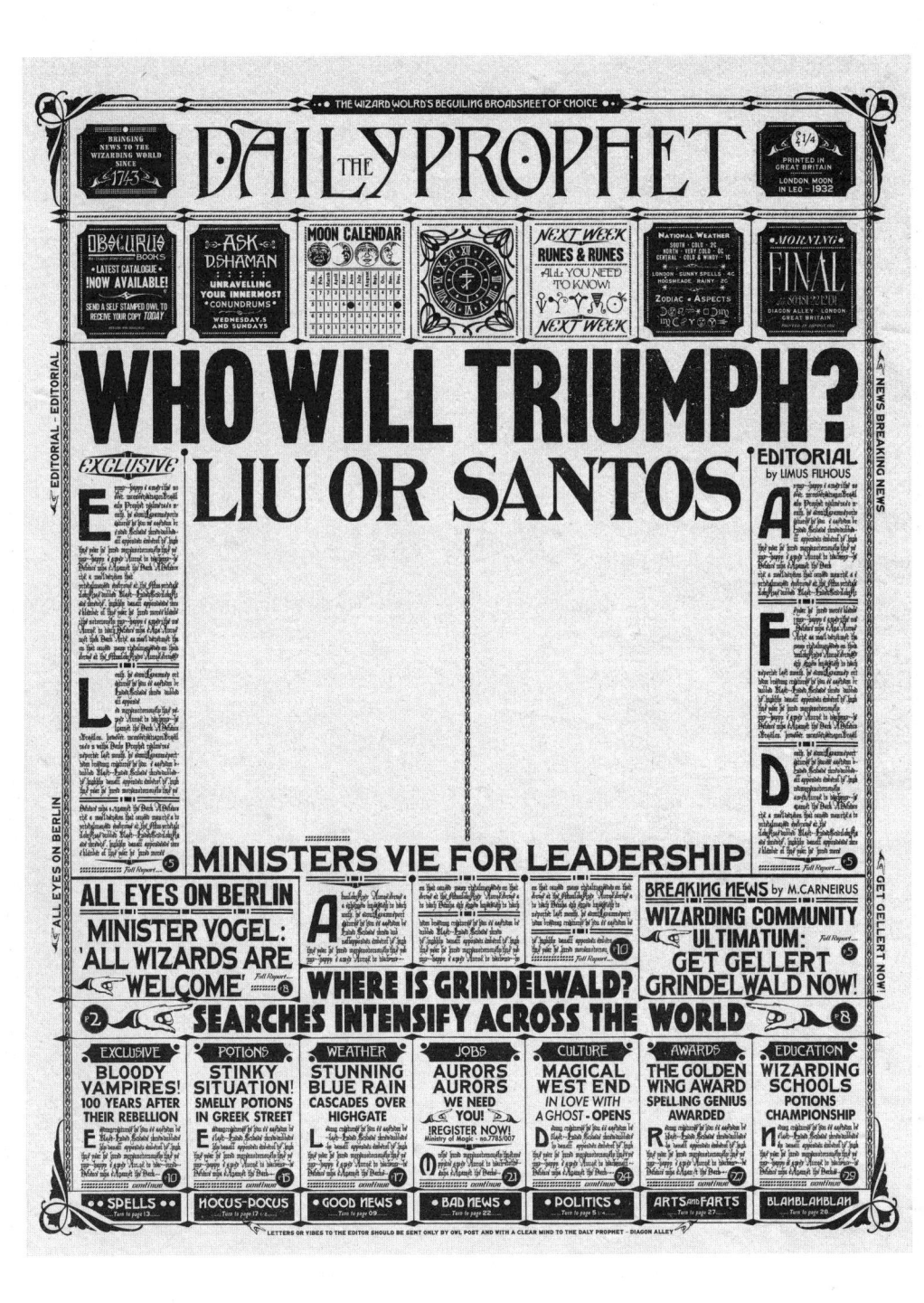

《预言家日报》的前期设计图
空白处预留给刘和桑托斯的活动照片

火车内景的概念图

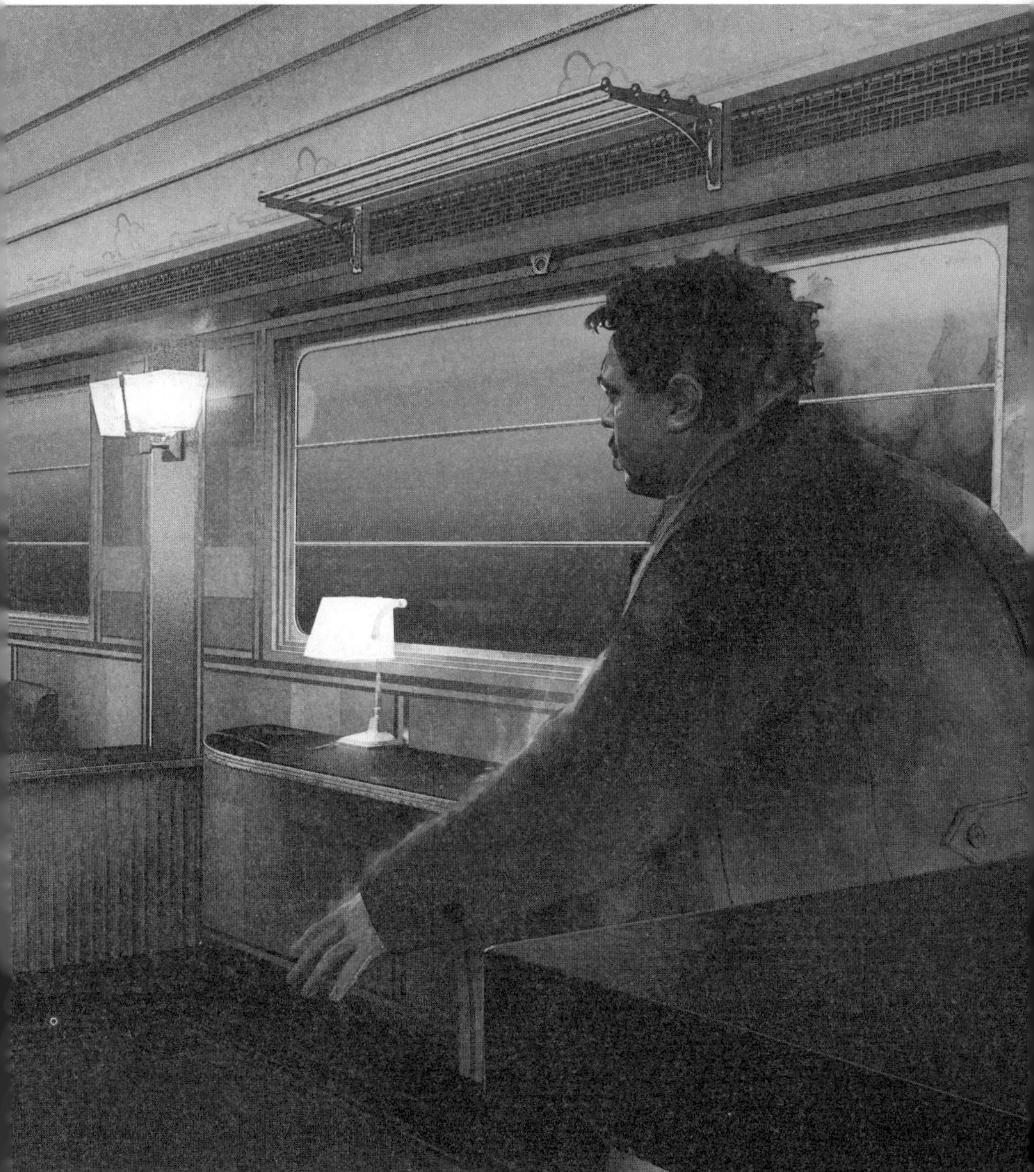

霍格沃茨特快列车显然多次出现在"哈利·波特"系列电影中,我们一直把它处理成一列真正的火车,只是麻瓜们看不到。这次的不同之处在于,他们所处的是一节与麻瓜火车相连的车厢,因此我们必须超越"一列从外面看不见的火车"这个概念。影片中当火车驶入柏林火车站时,镜头从外面转到里面,这节漂亮的车厢就在火车尾部一个破烂的行李车厢里出现了。所以它不是隐形的,而是用魔法隐藏起来了,这对于这部电影的场景来说似乎更为有趣。

——克里斯蒂安·曼兹
(视觉特效)

邓布利多之谜

大选特刊
谁会获胜？刘还是桑托斯？

下面是两位候选人的照片：刘洮和维辛西亚·桑托斯。

报纸背面是格林德沃的通缉令。

纽特
魔法部那边是怎么说的？
刘还是桑托斯？

忒修斯
官方说法是魔法部保持中立。
可是私下里？聪明人都押桑托斯赢。
不过，换任何人都比
沃格尔好。

卡玛
任何人？

卡玛的目光落在格林德沃的照片上。忒修斯注意到了。

忒修斯
选票上又没有他，卡玛。
而且他还是一名逃犯。

卡玛
这有什么区别？

设计那辆把主人公们从伦敦送到柏林的神奇列车时，我们有机会真正运用装饰艺术风格。车厢壁炉的雕刻面板，是以一些非常典型的装饰艺术风格的墙面装饰为基础的。我们提取这些面板的元素，设计出了魔法火车公司的徽标。一旦有了这个徽标——这个规则适用于魔法界的所有标识，包括魔法部、《预言家日报》等等——我们就可以把它应用于各种不同的媒介。比如，我们设计出了火车上的杂志和车票，它们虽然没有特写镜头，但有助于靠所有相关素材使那个场景更为完整。

——米拉弗拉·米纳
（平面设计）

（上）火车公司的徽标
（右）火车内部的浅浮雕面板

神奇动物

就在这时,炉火噼啪作响,变成了淡绿色,雅各布跟跟跄跄冲出了壁炉。他手里还抓着平底锅。

雅各布
还在转。每次都天旋地转。

纽特
雅各布!欢迎欢迎!我的好伙计。
当初我就知道希克斯教授
一定可以说动你!

雅各布
是啊,你是了解我的,
门钥匙这么好玩绝不能错过。

就在这时,壁炉里再次噼啪作响,几秒钟后,拉莉轻松地从炉火里走出来,手里攥着那本书。

拉莉
斯卡曼德先生?

纽特
希克斯教授?

拉莉 / 纽特
我们终于见面了。

邓布利多之谜

纽特
（对其他人）

希克斯教授——

（改变话头）

那个……我和希克斯教授多年来一直
有书信往来，可是一直未曾谋面。
她的高级魔咒学著作可是必读的作品。

拉莉

纽特，你实在太客气了。《神奇动物》这本书，
也是我布置给五年级学生的必读书籍。

纽特

现在，我来给大家介绍一下。
这位是邦迪·布罗德克，
是我这七年来不可或缺的好助手——

邦迪

其实是八年……

两只幼年嗅嗅跳上了她的肩头。

邦迪（续）

……又过了
一百六十四天了。

纽特

看见了吧：她不可或缺。

《高级魔咒学》，尤拉莉·希克斯 著

图书封面设计

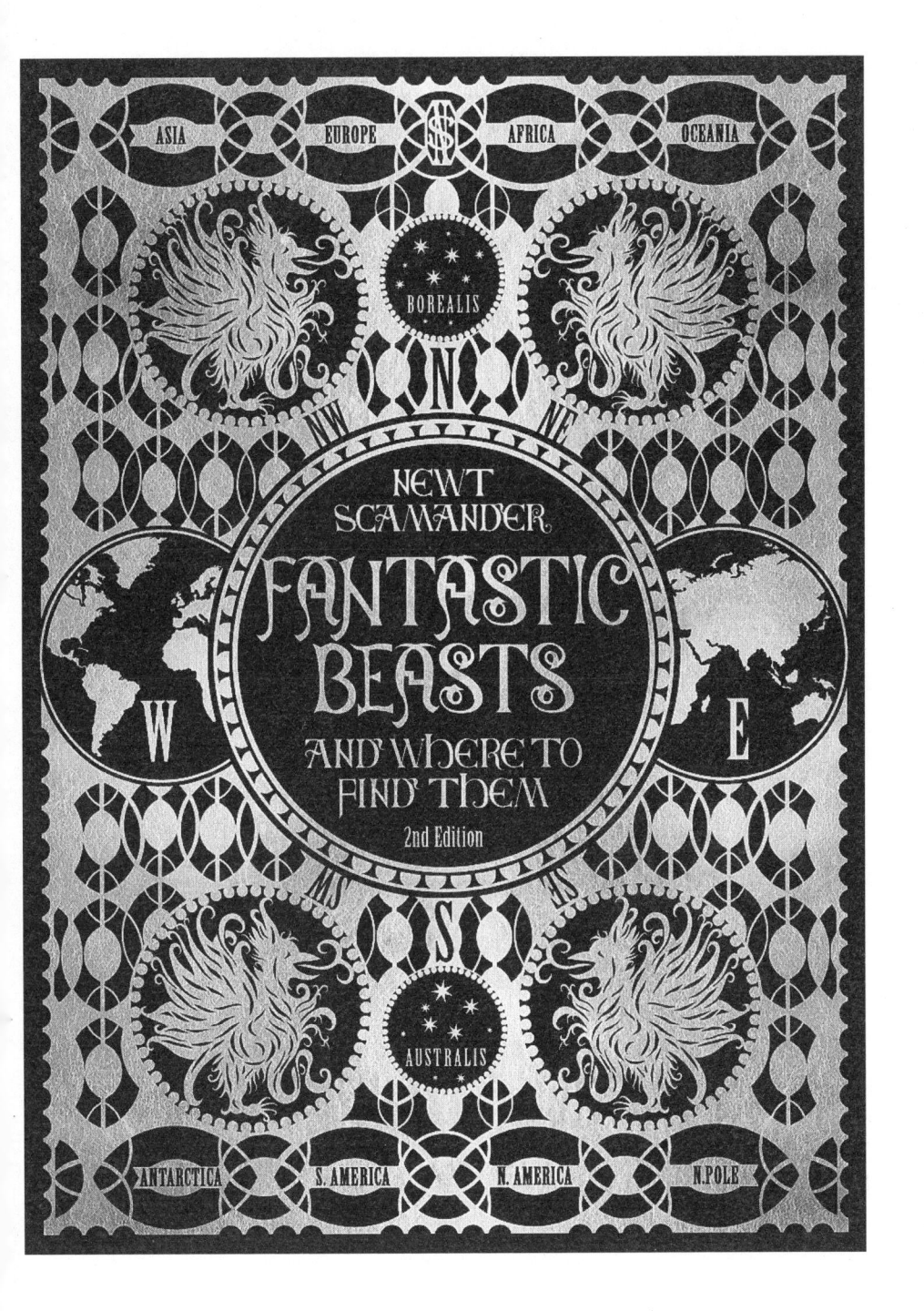

《神奇动物在哪里》，纽特·斯卡曼德 著
图书封面设计

神奇动物

这一位他是——

卡玛

尤瑟夫·卡玛。幸会。

纽特

而且毫无疑问，你已经
见过雅各布了——

忒修斯清了清嗓子。纽特茫然地看着他。忒修斯扬起了眉毛。

忒修斯

纽特。

纽特

对了。这是我哥哥忒修斯。
现在他在魔法部工作。

忒修斯

其实我是英国傲罗办公室的
负责人。

拉莉

那我可得查查，确保我的魔杖
注册没过期。

拉莉咧嘴一笑。

邓布利多之谜

忒修斯
是的。不过严格地说,
那不是我的管辖范围——

纽特突然转身,走到车厢后面。其他人也跟了过去。

纽特
好了。我猜大家一定在想,
自己为什么会到这儿来。

大家纷纷表示同意。

纽特(续)
好在,邓布利多早有预料,
并且让我来给在座的各位传个话:
既然格林德沃拥有能预知并看见未来片段的能力,
我们得假设他能在我们行动之前,
就知晓详细情况。
所以,如果我们想要打败他,
来拯救我们的世界……
并且拯救你的世界,雅各布……
那么,我们最好的办法就是去迷惑他。

纽特说完这番话,迎接他的是……沉默。

雅各布
打断一下?对不起,要怎样迷惑
一个能预知未来的人?

神奇动物

卡玛
用反视法。

纽特
完全正确。最好的计划就是没有计划。

拉莉
又或者,许多个互相交错的计划。

纽特
就这么迷惑他。

雅各布
我已经糊涂了。

纽特
事实上,邓布利多让我
给你一件东西,雅各布。

其他人站在一旁,看着纽特从袖子里抽出——像个业余魔术师似的——一根魔杖。

纽特(续)
蛇木做的。所以,也算是稀有——

雅各布
你没跟我开玩笑吧?
这个是真的?

邓布利多之谜

纽特
是的,不过它没有杖芯,
所以说,算是吧——

雅各布
算是真家伙?

纽特
更重要的是,我们去的地方
你会用得上。

雅各布接过魔杖,敬畏地盯着它。纽特开始在他的几个口袋里掏来掏去。

纽特(续)
对了,忒修斯,我想这个
是给你的——

其他人再次眼巴巴地等待着。纽特——这次真像个魔术师了——想从大衣里面抽出什么东西——但不知什么在把它往回拽。纽特拽了半天,又用力扯了一下,同时对内侧的一个口袋说……

纽特(续)
泰迪,乖,快松手。泰迪,快点儿松手。
别这样,泰迪,听话好不好?
这个是给忒修斯的……

他果断一拉,泰迪一下子飞到车厢那头,被雅各布接住。一条织物

神奇动物

落到了地板上。

雅各布和泰迪互相瞪着对方。

纽特弯腰捡起那条织物。那是一条亮闪闪的红色领带,上面有金色的凤凰图案。他站起身来,把领带递给忒修斯,忒修斯接过领带,把它翻过来。

忒修斯

对,没错,现在一切都
说得通了。

纽特

拉莉,拉莉,我想你已经
收到阅读材料了……

拉莉

有句俗话说,书能载你游遍
世界再回到原地——只需要
打开书本就能做到。

雅各布
(突然放下泰迪)
她说得对。

纽特

对了,还有邦迪。是给你的。这个东西,
他吩咐过我,只能给你一个人看。

邓布利多之谜

纽特掏出一张折叠的正方形小纸片，递给邦迪。她把它打开时，有了明显的反应，但没等她再看第二遍，纸片就着了火，烧成了灰烬。

纽特（续）

还有，卡玛——

卡玛

我已万事俱备。

雅各布

蒂娜呢？蒂娜会来吗？

纽特

蒂娜……抽不出时间。蒂娜……她升职了。现在……非常非常忙。

（停顿）

据我所知是这样。

拉莉

蒂娜现在担任美国傲罗办公室的负责人。我们两个很熟，她是一个很了不起的女人。

纽特看着拉莉，站了一会儿，然后：

纽特

确实是。

神奇动物

忒修斯
那么就是这支队伍,要去对抗
一百年来最危险的黑巫师吗?
一个神奇动物学家,
和他的得力助手,
一名教师,一个出身于法国
古老魔法世家的巫师……
还有拿着假魔杖的,麻瓜烘焙师。

雅各布
我们还有你,伙计。
他有个真魔杖。

雅各布灌下一杯酒……

忒修斯
是。谁说我们没有胜算来着?

……雅各布咯咯发笑,镜头转至:

25 外景。火车站——柏林——晚上

火车缓缓进站,冷漠的柏林人僵硬地站在月台上。

26 内景。魔法列车车厢——晚上

纽特跪在手提箱旁边,他喂完麒麟,轻轻地把箱子盖上。

邓布利多挑选心地善良的人，同时也挑选有特殊才能的人。拉莉是一位著名的魔咒学教授，在魔法界备受尊敬。忒修斯是纽特的哥哥，也是他这个领域的顶尖人物——英国魔法部傲罗办公室的负责人。卡玛则是因为他的家族，他的家族背景可以派上用场。邓布利多为什么要选择雅各布呢？为什么要让一个麻瓜加入这个团队呢？因为雅各布是非分明，是一位善良正直的人，有一颗特别纯良的心。

——大卫·海曼
（制片人）

神奇动物

纽特
没事的,小家伙。

拉莉
柏林……好极了。

纽特转过身,看到拉莉站在近旁的车窗边向外望着。那里站着一个男人(高个子傲罗)威武高大,十分显眼。

火车停了下来,引擎发出嘶嘶声。其他人开始收拾自己的东西。卡玛第一个走向车门。

忒修斯
卡玛,注意安全。

卡玛停了停,跟忒修斯对视了一下,然后点点头。他离开时,一股冷风灌进了车厢。邦迪出现在了纽特身边。

邦迪
我现在也得走了,纽特。

纽特刚要回答,又停住了,他低头一看,发现邦迪的手在箱子把手上跟他的手缠在一起。

邦迪(续)
没有人可以知道一切。
你也一样。

纽特抬头看着她,但她没有再说什么。最后,纽特松开了把手。

她离开时,纽特注意到忒修斯和雅各布都看着他。纽特转过身,扭头望向窗外,看着卡玛和邦迪各自朝相反的方向走去。

27 外景。街道——柏林——稍后——夜晚

天上下着小雪,雅各布、纽特、拉莉和忒修斯在街上行走。

纽特
到了……对,就是这里。

纽特领着他们拐进一条小巷,朝一堵带饰章的砖墙走去。其他人大步走向砖墙时,雅各布上下左右看了几眼,然后……

呼。

……四个人穿墙而过,到了另一边。雅各布皱起眉头,回头扫了一眼,他看到同样的砖墙和同样的饰章——不过是从背后看到的。

雅各布耸了耸肩,向前望去,看到——在街道上方悬着的巨大条幅上——有一张看起来很和善的巫师的脸(安东·沃格尔)。再往前走,一座建筑赫然出现,周围挤满了刘和桑托斯的支持者。

忒修斯
我们要去德国魔法部吗?

神奇动物

纽特

没错。

忒修斯

我们来这里一定有原因吧？

纽特

是的。我们现在得去参加一个茶会。
而且如果不抓紧时间，就赶不上了。

纽特走开了，忒修斯和拉莉交换了一下眼神，跟了上去。雅各布继续往前走，一边敬畏地东张西望。

拉莉（画外音）

雅各布！

雅各布看了看，发现拉莉在打手势。

拉莉（续）

快跟上队伍。

雅各布加快脚步，经过一张活动的通缉令，上面的格林德沃瞪着眼睛，盯着雅各布的一举一动。

雅各布忍不住警惕地盯着格林德沃的眼睛。

我一直很喜欢"哈利·波特"系列电影和整个魔法世界的其中一个原因是,我们生活在自己的世界里,而就在我们的隔壁,穿过那道墙,还存在着另一个更奇幻、更惊心动魄的世界。令人感到惊奇的是,不仅仅在伦敦和英国,在其他国家我们也能看到这些。

——埃迪·雷德梅尼
(纽特·斯卡曼德)

德国魔法部的戳记

德国魔法货币

德国魔法部入口设计草图

神奇动物

28 外景。台阶——德国魔法部——稍后——夜晚

刘和桑托斯的支持者们高呼口号，把条幅举向空中，以热烈但和平的方式展示着他们的政治激情。纽特和其他人迂回地朝台阶走去。

忒修斯带领其他人穿过人群，走向魔法部的大门，这时一名站岗的德国傲罗试图阻止拉莉和雅各布登上台阶。

忒修斯
晚上好，赫尔穆特。

赫尔穆特
忒修斯。

忒修斯
嘿。嘿。一起的。

拦住他们的傲罗看见了忒修斯，傲罗眼神一闪，认出了他。他看了一眼在台阶顶上监视全局的傲罗负责人（赫尔穆特），赫尔穆特点了点头。

忒修斯领着其他人走上台阶。

就在这时，人群开始涌动。在一阵激烈的鼓点中，罗齐尔和卡罗奋力挤过一群桑托斯的支持者。

罗齐尔朝卡罗点点头，卡罗举起了魔杖。一束火光击中了桑托斯的条幅。桑托斯的脸化为灰烬，气氛突然变得紧张起来，人群不断地

HABEN SIE
›› DIESEN ‹‹
ZAUBERER
GESEHEN?

GRINDELWALD

GESUCHT WEGEN SCHWERWIEGENDER UND BRUTALER VERBRECHEN SOWIE VERSCHWÖRUNGEN GEGEN DIE MAGISCHE WELT

DIESER MÄCHTIGE ZAUBERER BESITZT EINEN ZAUBERSTAB & IST EXTREM GEFÄHRLICH

!BELOHNUNG! **5000** DRAGOTS !BELOHNUNG!

SOLLTE ER GESICHTET WERDEN, MUSS ER OHNE VERZUG IMMOBILISIERT UND VERHAFTET WERDEN. DIE ICW-ABTEILUNG DER AUROREN MUSS UNVERZÜGLICH PER EULE INFORMIERT WERDEN!

WER ANGABEN ZU DIESEM ZAUBERER ODER SEINEM AUFENTHALTSORT MACHEN KANN, SOLLTE SICH UNVERZÜGLICH BEI DER INTERNATIONALEN MAGISCHEN POLIZEI MELDEN

通缉令的前期设计图
空白处预留给格林德沃的活动照片

德国魔法部外景的概念图

Wählt
GNID

推搡和碰撞。

29 内景。大厅——德国魔法部——稍后——夜晚

数百名代表在富丽堂皇的房间里转来转去，茶壶在半空中飘浮。忒修斯走在纽特的身边，纽特不住地东张西望，很是显眼，他好像在找什么人。

忒修斯
我们应该不是来吃
小三明治的吧？

纽特
对。我是来这儿给人传话的。

忒修斯
传什么话？给谁？

纽特停住脚。细看。忒修斯循着他的目光望去。

在房间的另一端，安东·沃格尔——街头条幅上那位面容和善的巫师——在跟人们握手，一群保镖寸步不离地跟着他，一个女随从（费歇尔）催促他往前走。

忒修斯（续）
你在开玩笑。

邓布利多之谜

纽特

没有。

纽特朝他们那边走去,忒修斯跟在后面,镜头转至:

角度切换——雅各布和拉莉

雅各布

我来这里做什么?
我们出去吧。我不擅长
应对这种场合。

拉莉

这种场合怎么了?

雅各布

这么多人。还都是达官显贵。

伊迪丝

你好!

雅各布吓了一跳,发现一个年迈的女人(伊迪丝)站在他身边。

伊迪丝(续)

我看见你走进来,当时心里
就在想:"伊迪丝,那个人
看上去真是有趣。"

神 奇 动 物

雅各布
(紧张)

雅各布·科瓦尔斯基。你好吗?
很高兴见到你。

伊迪丝

科瓦尔斯基先生,你从
哪里来?

雅各布

皇后区。

伊迪丝

啊。

伊迪丝慢慢地点点头,镜头转至:

角度切换

纽特在忒修斯的尾随下,走向沃格尔及其随行人员。

纽特

沃格尔先生,打扰一下,
能跟您说句话吗——

沃格尔听见了,转过身来。

邓布利多之谜

沃格尔
梅林的胡子！你是斯卡曼德先生吧？

纽特
沃格尔先生……

保镖们在逼近。忒修斯也在逼近。沃格尔盯着纽特看了很久,然后挥了挥手,示意保镖退下。保镖们退到一旁,让他们俩私下说话,纽特凑上前去。

纽特（续）
一位朋友托我给您带话。
而且,情况十万火急。
"去做正义之事,而非容易之事。"

纽特直起身。沃格尔一动不动。

纽特（续）
他说这很重要,
让我今晚务必找到您。
再把这句话亲口告诉您。

费歇尔出现了。

费歇尔
到时间了,先生。

神奇动物

沃格尔
(没有理睬她)
现在他在柏林吗?

纽特犹豫着,不知该如何回答。

沃格尔(续)
不。他当然不在。世界一片火海,
为什么要离开霍格沃茨呢?
(皱眉)
谢谢你,斯卡曼德先生。

费歇尔催促沃格尔离开时,回头看了一眼纽特。

勺子敲打瓷器的声音打断了大家的闲聊,所有的目光都转向了费歇尔,她手里拿着一个茶杯站在那里,沃格尔在她身边。吸引了大家的注意后,她走到一边,让沃格尔讲话。沃格尔走上前来,大家鼓掌。

沃格尔(续)
非常感谢,谢谢。今晚在这里
我看到了许多熟悉的面孔。
同事们、朋友们、对手们……

人群低声发笑。

沃格尔(续)
在接下来的四十八小时之内,
诸位将与魔法世界的同胞们,

邓布利多之谜

一起选出我们的下一届领导者。
我们眼下做出的选择，将塑造子孙后代的生活。
我本人对此丝毫不怀疑，无论是谁赢得本次选举，
接任巫师联合会的都是一位有才之人。
无论是刘洮，或是维辛西亚·桑托斯。

沃格尔对刘洮和维辛西亚·桑托斯做了个手势，他们曾在《预言家日报》上出现过，在场的人纷纷鼓掌。

沃格尔（续）
而且在这样的时刻，让我们牢记，
正是这般权力的和平交接，
代表着我们的人文精神，
并向全魔法界表明，
尽管我们之间存在分歧，
但是所有的人都有发声的权利。

沃格尔向镜头外看去。忒修斯站在几米外看着，也循着他的目光看过去。身着黑衣的傲罗一个接一个地出现，把守住了所有出口。

沃格尔（续）
即便是那种很多人都不乐意
听到的声音。

忒修斯盯着巫粹党在房间里走动。

忒修斯
纽特，那些人里有没有眼熟的？

刘和桑托斯的竞选条幅设计图

⋯VOTE⋯
VICÊNCIA SANTOS

LIDERANÇA!
PROGRESSO!
MAGIA!

纽特追随着忒修斯的目光。

纽特
在巴黎。莉塔出事那晚……

忒修斯
他们是格林德沃的人。

忒修斯在人群中跟踪罗齐尔。她回头看了看，仿佛是在嘲笑他的跟踪。忒修斯跟过去想要接近她，纽特隔了一段距离跟在后面。

沃格尔
综上所述，在经过广泛细致的调查之后，
国际巫师联合会现已对案件做出判决，
同时也已认定，起诉被告人
盖勒特·格林德沃对麻瓜社会所犯
种种罪行一案，证据不足。
所以在此免除他之前所有
被指控的罪行。

纽特听到了沃格尔的话。房间里突然爆发一阵骚动：愤怒，零星的欢呼，困惑。

雅各布
开玩笑的吧？
要给他脱罪？
他杀人的时候我就在场！

邓布利多之谜

拉莉脸上露出若有所悟的凝重。然后：

忒修斯
你们被捕了！你们所有的人！放下魔杖！

忒修斯举起魔杖，与五个黑衣傲罗陷入紧张的对峙。

一个咒语击中忒修斯的脖子，他倒下了。这时赫尔穆特出现了，他的魔杖尖在冒烟。

赫尔穆特
把他带走。①

两个傲罗抬起忒修斯。

纽特努力穿过拥挤的人群，一脸震惊，仿佛被击倒的是他自己。

纽特
忒修斯！忒修斯！

纽特挤出人群时，拉莉和雅各布来到他身边。

拉莉
纽特，纽特。现在不行。
纽特，我们在这儿没有胜算。

---

① 原文是德语。

神奇动物

赫尔穆特平静地转过身,举起魔杖,身后的黑衣傲罗方阵也都转了过来。

拉莉(续)
走吧。纽特。这儿已经被他们占领了。
我们必须赶紧走。

雅各布被裹挟在离去的人群里,回身朝房间里大喊。

雅各布
这样不对……根本就不是正义。
还广泛细致的调查……我就在场!
你在场,你在场吗?我就在场。
你们放走了凶手!

拉莉一把抓住他。

拉莉
雅各布,得走了!赶快走!
雅各布,我们快走!

人群中吼声四起。一面格林德沃的条幅在包围魔法部的人群上方展开。人群开始高呼格林德沃的名字,声音越来越响,然后镜头转至:

绝对的静默。

雪花从黑暗的天空

如糖霜一般洒落。

30 外景。猪头酒吧——夜晚

店面都关闭了。街上仿佛铺着一条长长的白毯。洁白无瑕。

31 内景。楼上的房间——猪头酒吧——同一时间——夜晚

邓布利多站在阿利安娜的画像前。她仿佛在注视着他。

32 内景。猪头酒吧——同一时间——夜晚

空无一人的酒吧里,邓布利多和阿不福思面对面坐着吃东西。一时间,只有勺子浸入碗里发出的声音。

> **邓布利多**
> （汤）
> 味道很不错。

阿不福思继续吃。

> **邓布利多**（续）
> 她最喜欢了。以前她总问妈妈要,
> 记得吗?阿利安娜——
> 妈妈说这能让她平静下来。
> 可是我觉得她是一厢情愿——

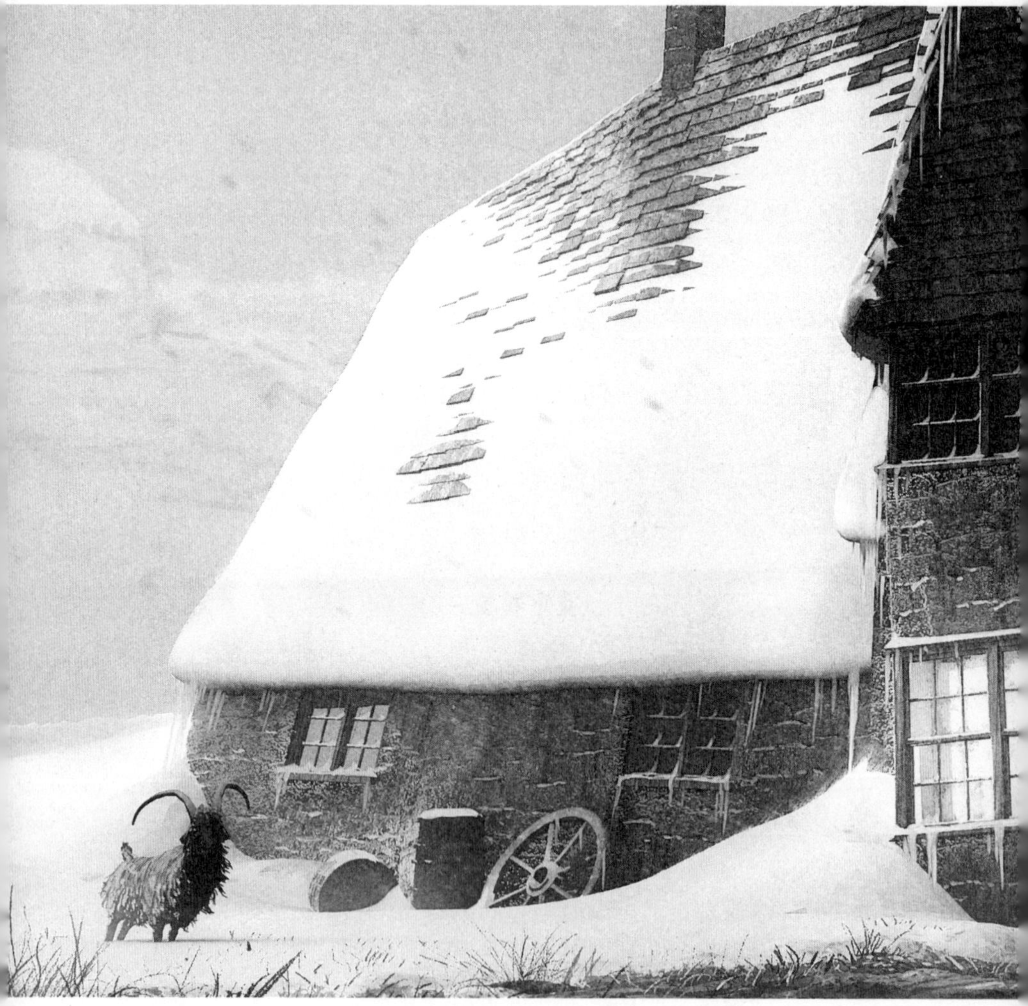

猪头酒吧外景的概念图

神奇动物

阿不福思

阿不思。

邓布利多停下来,看见弟弟正注视着他的眼睛。

阿不福思(续)

我也在。我们在一个屋檐下长大。
你看到的一切我都见过。

(停顿)

所有东西。

阿不福思继续喝汤。邓布利多端详着弟弟,为两人之间的距离而心情沉重,然后他继续喝碗里的汤——突然——外面响起了敲门声。阿不福思粗声粗气地喊:

阿不福思(续)

看看门上的牌子,你这个蠢货!

邓布利多看着门外那个熟悉的身影,站了起来。

33 内景／外景。酒吧门口——稍后——夜晚

邓布利多拉开门:是米勒娃·麦格。

米勒娃·麦格

很抱歉来打扰你,阿不思——

阿利安娜·邓布利多的画像

神奇动物

邓布利多
说吧,怎么了?

米勒娃·麦格
柏林出事了。

34 内景。猪头酒吧——续前——夜晚

阿不福思坐着,听麦格和邓布利多窃窃私语,然后——仿佛感觉到什么——转过身去。

吧台后面那块肮脏的镜子表面闪着诡异的光。

阿不福思慢慢站起身,走到房间那头,盯着镜子。一句话出现在镜子里他模糊的身影上,仿佛是浮现在池塘的水面上:

你知道是怎样的感觉吗?

阿不福思端详了这条消息片刻,拿起旁边一块油乎乎的抹布,擦掉了镜子上的字。

35 内景/外景。酒吧门口——稍后——夜晚

麦格焦急地搓着双手。邓布利多一脸严肃,思索着刚刚得知的消息。

邓布利多
我得找人帮我代一下明天早上的课,能不能请你帮个忙?

邓布利多之谜

米勒娃·麦格
当然可以。阿不思,请一定……

邓布利多
好的,我尽量吧。

麦格正要离开,又停下来大声喊道。

米勒娃·麦格
晚上好,阿不福思。

阿不福思(画外音)
晚上好,米勒娃。对不起,
刚才我说你是个蠢货。

米勒娃·麦格
我接受你这个道歉了。

麦格转身离去,邓布利多关上了门。

36 内景。猪头酒吧——续前——夜晚

阿不福思听到哥哥的脚步声,从镜子前转过身,看到邓布利多从衣钩上抓起了他的大衣和帽子。

邓布利多
恐怕我今晚不能在这儿久留了。

神奇动物

阿不福思

要去拯救世界了,对吗?

邓布利多

那得找一个比我厉害的人。

邓布利多抖抖肩穿上大衣,然后停下来,眼睛盯着镜子,注视着"你知道孤身一人是怎样的感觉吗?"的字迹慢慢隐去。他移开视线,看见阿不福思正盯着他。

阿不福思

问都别问。

兄弟俩就这样站着,四目相对,然后邓布利多离开了。阿不福思听着他远去的声音,又看了一眼镜子里的那行字。

37 外景。庭院——纽蒙迦德城堡——同一时间——夜晚

那只发光的凤凰从空中飞过,去叼一块面包皮。克莱登斯站在下面,眼睛看着凤凰,脸上洋溢着一种平静的喜悦。

38 内景。客厅——纽蒙迦德城堡——同一时间——夜晚

格林德沃站在一扇大窗前。他注视着凤凰时,玻璃上出现了邓布利多的身影,随后慢慢变成了卡玛。他目不转睛地看着,这时罗齐尔出现了。

邓布利多之谜

罗齐尔

成千上万的人都在街头高呼
你的名字。你现在自由了。

格林德沃点头。

格林德沃

去通知他们准备出发。

罗齐尔

今晚走？

格林德沃

明天。明早有个人
会过来。

窗外，凤凰短暂地出现在视线中，撒落灰烬。格林德沃凝视着下面的院子，克莱登斯正站在那里。

罗齐尔

凤凰为什么总跟着他？

格林德沃

一定是察觉到了他要做的事。

罗齐尔

你能确定？他真杀得了
邓布利多吗？

神奇动物

格林德沃
痛苦使他强大。

罗齐尔看了格林德沃一眼。

39 内景。德国魔法部办公室——续前——早晨

纽特、拉莉和雅各布在走廊里追赶一名魔法部官员。

纽特
我打听的那个人，现在可是
英国傲罗办公室的负责人！
你们怎么能把英国傲罗办公室的
负责人给弄丢！

那个官员转过身来面对纽特，平静地看着他。

魔法部官员
刚才就已经说清楚了，
我们从来就没有抓过他，
不可能把他弄丢。

拉莉
先生。当晚有几十人在场。
任何一个人都可以做证——

魔法部官员
你的名字是——？

邓布利多之谜

官员盯着拉莉的眼睛,这时:

雅各布
我们还是走吧……
等一下!就是那个人——

纽特和拉莉转过身。透过玻璃走廊,可以看到赫尔穆特从一间办公室里出来,身边跟着在站台上第一次出现的那位高个子傲罗。

雅各布指向那个人,并开始追上去。

雅各布(续)
过来!过来!

雅各布、拉莉和纽特冲向门口。

雅各布(续)
麻烦等一下!嘿!就是那个人。他知道忒修斯在哪儿。你好!忒修斯在哪里?!

赫尔穆特无视他们,继续向前走。

雅各布(续)
就是他——他知道忒修斯的事。

突然,一块玻璃如闸刀一般从上面落下。

神奇动物

40 外景。德国魔法部——稍后——早晨

纽特、雅各布和拉莉从一道侧门溜出去时,拉莉停住了脚。

拉莉
纽特。

纽特和雅各布回头一看,只见一只手套悬在半空中。手套指向拐角处。纽特走过去抓住了那只手套。这时又出现了第二只,纽特跟着它走向了一个藏在柱子后的人影。是邓布利多。

41 外景。德国魔法部——稍后——早晨

邓布利多抓住空中的那只手套,又从纽特手里拿回了另一只,领着其他人快步走在繁忙的大街上,他不停地东张西望,似乎每一道阴影都可能带来威胁。

纽特
阿不思。

邓布利多
忒修斯是被带到厄克斯塔去了。

纽特
可那里不是好几年前就关闭了吗?

邓布利多
对,不过,德国魔法部把那里改造成

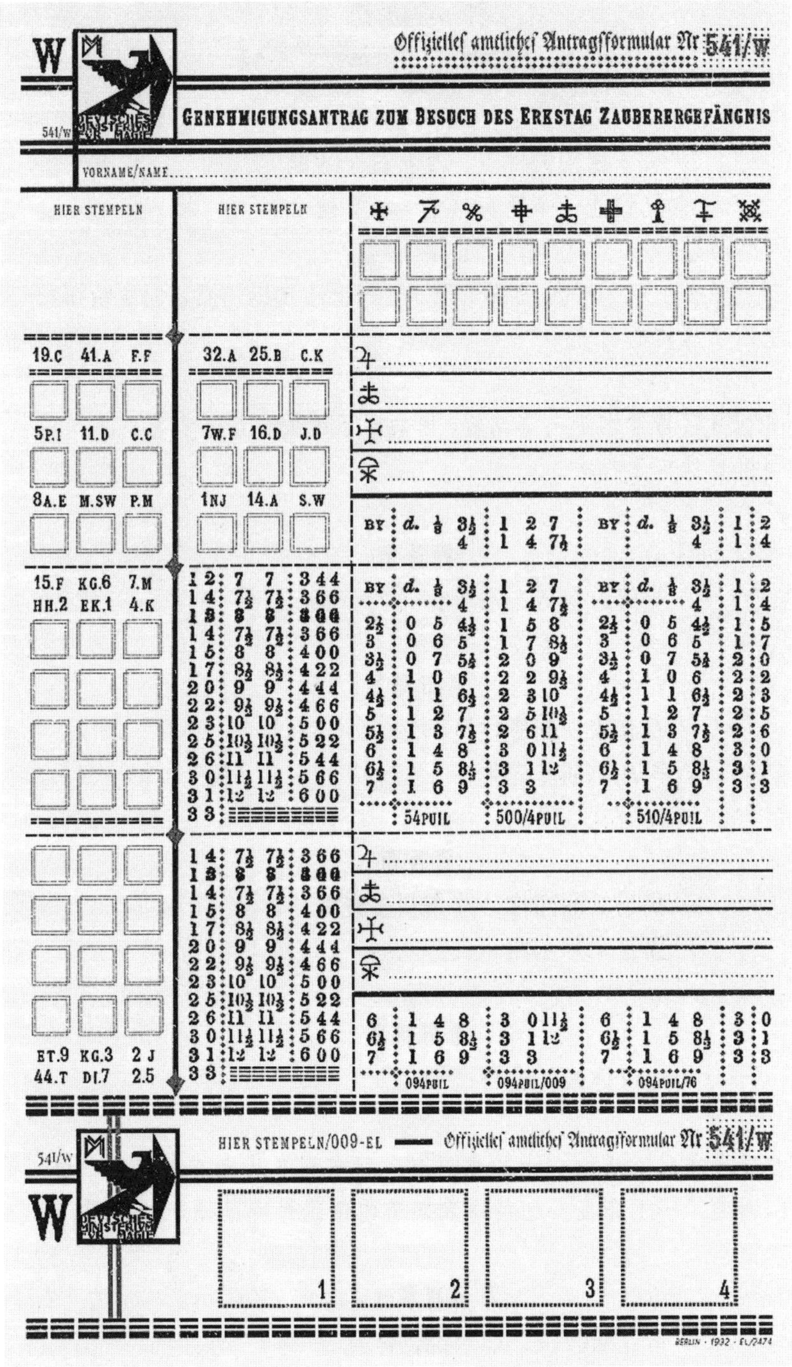

Offizielles amtliches Antragsformular Nr 541/W

GENEHMIGUNGSANTRAG ZUM BESUCH DES ERKSTAG ZAUBERERGEFÄNGNIS

VORNAME/NAME ....

HIER STEMPELN	HIER STEMPELN	✠	⁊	%	⚕	⚔	✚	⚚	⚒	※
		☐	☐	☐	☐	☐	☐	☐	☐	☐
		☐	☐	☐	☐	☐	☐	☐	☐	☐

19.C	41.A	F.F	32.A	25.B	C.K
☐	☐	☐	☐	☐	☐
5.P.I	11.D	C.C	7W.F	16.D	J.D
☐	☐	☐	☐	☐	☐
8.A.E	M.SW	P.M	1NJ	14.J	S.W
☐	☐	☐	☐	☐	☐

			BY	d.	⅛	3½	1	2	7	BY	d.	⅛	3½	1	2
					¼		1	4	7½			¼		1	4

15.F	KG.6	7.M	12	7	7	3	4	4	BY	d.	⅛	3½	1	2	7	BY	d.	⅛	3½	1	2
HH.2	EK.1	4.K	13	7½	7½	3	6	6			¼		1	4	7½			¼		1	4
☐	☐	☐	13	8	8	3	0	0	2½	0	5	4½	1	5	8	2½	0	5	4½	1	5
☐	☐	☐	14	7½	7½	3	6	6	3	0	6	5	1	5	8	3	0	6	5	1	5
☐	☐	☐	15	8	8	4	0	0	3½	0	7	5½	1	7	8½	3½	0	7	5½	1	7
☐	☐	☐	17	8½	8½	4	2	2	4	1	0	6	2	0	9½	4	1	0	6	2	0
☐	☐	☐	20	9	9	4	4	4	4½	1	1	6½	2	3	10	4½	1	1	6½	2	3
☐	☐	☐	22	9½	9½	4	6	6	5	1	3	7	2	5	10½	5	1	2	7	2	5
☐	☐	☐	23	10	10	5	0	0	5½	1	3	7½	2	6	11	5½	1	3	7½	2	5
☐	☐	☐	25	10½	10½	5	2	2	6	1	4	8	3	0	11½	6	1	4	8	3	0
☐	☐	☐	26	11	11	5	4	4	6½	1	5	8½	3	1	1½	6½	1	5	8½	3	1
☐	☐	☐	30	11½	11½	5	6	6	7	1	6	9	3	3		7	1	6	9	3	3
☐	☐	☐	31	12	12	6	0	0													
			33						54PUIL			500/4PUIL				510/4PUIL					

			14	7½	7½	3	6	6
☐	☐	☐	13	8	8	3	0	0
☐	☐	☐	14	7½	7½	3	6	6
☐	☐	☐	15	8	8	4	0	0
☐	☐	☐	17	8½	8½	4	2	2
☐	☐	☐	20	9	9	4	4	4
☐	☐	☐	22	9½	9½	4	6	6
☐	☐	☐	23	10	10	5	0	0
☐	☐	☐	25	10½	10½	5	2	2
☐	☐	☐	26	11	11	5	4	4
☐	☐	☐	30	11½	11½	5	6	6
ET.9	KG.3	2J	31	12	12	6	0	0
44.T	DI.7	2.5	33					

6	1	4	8	3	0	11½	6	1	4	8	3	0
6½	1	5	8½	3	1	1½	6½	1	5	8½	3	1
7	1	6	9	3	3		7	1	6	9	3	3
094PUIL			094PUIL/009				094PUIL/76					

HIER STEMPELN/009-EL — **Offizielles amtliches Antragsformular Nr 541/W**

1	2	3	4
☐	☐	☐	☐

BERLIN · 1932 · EL/2474

厄克斯塔监狱访客申请表

神奇动物

一个秘密关押点。拿着这个才能
见到他……还有这个……和这个。

邓布利多把一双手套放进帽子里,又掏出几张纸,把它们塞给纽特,
注意到了纽特的目光。

邓布利多带着他们走向那堵墙,他们穿了过去。雅各布有些不情愿,
拉莉推着他走了过去。

雅各布
等等,等等,等等!

邓布利多
看起来,新魔杖挺满意,
科瓦尔斯基先生?

雅各布
我吗?谢谢你,邓布利多先生。
那是个好东西。

邓布利多
建议你最好随身携带。

就在雅各布思索着这句话的意思时,邓布利多从大衣里掏出一块怀
表,调整了一下角度。纽特看到表盖内侧闪过克莱登斯的身影。

邓布利多(续)
希克斯教授,如果说,你有

邓布利多之谜

空闲时间的话——不过即便你
有安排——我还是建议你去
参加今晚的候选人晚宴，
带上科瓦尔斯基先生。
今晚一定会有人企图行刺。
你要是能阻止那人的计划，
我会十分感激的。

拉莉

我义不容辞，乐意接受这个挑战。
更何况，我还有雅各布帮忙。

雅各布一直在听他们谈话，此时显得有点惊慌。邓布利多注意到了。

邓布利多

用不着担心，希克斯教授的防御魔法
可谓是炉火纯青。我们回头见。

他微笑着脱了脱帽，离开了。

拉莉

他真会说话。

（停顿）

不过，他没说错。炉火纯青。

纽特走上前，大声呼喊。

神奇动物

纽特
阿不思!

邓布利多转身,看过来。

纽特(续)
我想问一下……

纽特比画了一个拿着箱子的动作。

邓布利多
对了。手提箱。

纽特
对。

邓布利多
(继续往前走)
你就放心吧,它由可靠之人保管。

42 外景。柏林街道——稍后——上午

邦迪——手里拎着纽特的手提箱——躲开一辆有轨电车,快步穿过街道,来到一家皮革制品店。

43 内景。奥托皮革制品店——同一时间——上午

一个小铃铛叮叮响,奥托,一个头发稀疏的大块头男人,穿着围裙,

邦迪·布罗德克的服装草图

神奇动物

从柜台上抬起头，台面上乱糟糟地放着剪刀、木槌和夹钳。

奥托
要帮忙吗？

邦迪走到柜台前，小心地把纽特的手提箱放在玻璃柜台上。

邦迪
是的。麻烦你帮我仿制一下
这只手提箱。

奥托
没问题。

邦迪紧张地看着男人用布满老茧的手抚摸破旧的手提箱，从各个不同角度审视，然后想要打开箱子。

邦迪
不，千万别打开它！
我是说，其实没有那个必要。
里面是什么样并不重要。

男人好奇地打量着邦迪，然后耸了耸肩。

奥托
要仿制这个手提箱的确没什么问题。

男人回身去后面架子上拿纸和笔时，小麒麟从箱子里探出头，好奇

邓布利多之谜

地打量四周。就在男人转身前,邦迪迅速地——轻轻地——把它又哄了进去。

奥托(续)
东西留在这儿就行——

邦迪
哦,不行。我不可以留下它。
还有我需要不止一个仿制品。
是这样,是我丈夫,他这个人粗心大意。
总是会忘东忘西——
前几天他连跟我结了婚都忘了。
是不是很离谱?

她笑了,有点儿神经质,自己意识到了,赶紧镇静下来。

邦迪(续)
但我很爱他。

奥托
那请问你到底是想做几个呢?

邦迪
我需要六个。而且两天后我就得取货。

神奇动物

44 外景。柏林街道——稍后——上午

邦迪拿着纽特的箱子往回穿过马路。

45 内景。克莱登斯的房间——纽蒙迦德城堡——上午

奎妮往下张望。看见沙比尼和卡罗摆出防御姿势。

沙比尼
把手举起来!

一个身影平静地举起双手,继续向前走……

46 外景。庭院——纽蒙迦德城堡——同一时间——上午

那身影又走了几步。停住了。是卡玛。沙比尼离开其他人,向他走去。

沙比尼
你是谁?

卡玛
我叫尤瑟夫·卡玛。

格林德沃和罗齐尔走出了城堡。

格林德沃
来访的是哪位啊?

尤瑟夫·卡玛的服装草图

神奇动物

卡玛

你的仰慕者。

罗齐尔

你杀了他的妹妹。她的名字叫莉塔。

格林德沃打量着他。

卡玛

莉塔·莱斯特兰奇。

格林德沃

对。你们兄妹同属一支
古老的血统——

卡玛

曾经是。这是我们的唯一共同点。

格林德沃仔细审视着卡玛。

格林德沃

邓布利多派你来的,对不对?

卡玛

他怕你已经得到了某只动物。
也怕你将用它来做的事。
是他派我来监视你的。
你想让我告诉他些什么?

邓布利多之谜

格林德沃
奎妮。他说的是真话吗？

奎妮打量着卡玛。她的眼睛里有一丝不安。

奎妮点点头。

格林德沃的目光转向阴影中的克莱登斯。格林德沃几乎不易察觉地点点头，克莱登斯悄悄离开。格林德沃又把目光转向卡玛。

格林德沃（续）
还有什么？

奎妮
他虽然信奉你的理念，
但心中仍放不下你的杀妹之仇。
他时刻思念着逝去的妹妹。
每一次呼吸都提醒着他
妹妹已经不在了。

奎妮看见卡玛盯着她的眼睛。格林德沃独自点点头，似乎在考虑这件事。然后他抽出了魔杖。

格林德沃
那你应该不会介意，我把你从
痛苦的记忆里解放出来。

格林德沃走上前，用魔杖尖抵住卡玛的太阳穴，眼睛注视着他，想

神奇动物

看他是否会有什么反抗。但卡玛一动不动,十分坚定。

格林德沃(续)

对吧?

卡玛

对。

慢慢地,格林德沃把魔杖往回收,抽出一根半透明的细丝。奎妮努力保持镇静,注视着,只见——刹那间——卡玛的脸上闪过一丝失落感。

就在这时,半透明的细丝挣脱了卡玛的太阳穴。它像风筝的尾巴一样在格林德沃的魔杖尖上飘动,然后化为薄雾。

格林德沃

好了。好多了?

卡玛凝视前方,目光茫然。最后,卡玛点点头。

格林德沃(续)

我想也是。当我们允许
自己被愤怒所吞噬,
那只是作茧自缚罢了。
   (微微一笑,然后:)
我们刚要做好准备出发呢。
要不要和我们一起走?
来吧,我们可以多聊聊那位

邓布利多之谜

共同的朋友,邓布利多。

奎妮注视着格林德沃陪同卡玛进去,卡玛经过时,茫然的目光与奎妮对视了一下,眼里闪过一道犀利的光——似乎在给她传递一个信息。他消失在城堡里时:

罗齐尔
　　你先请。

奎妮抬起头,见罗齐尔正在审视她。罗齐尔做了个手势,关上身后的门,**镜头转至**:

47 外景。拥挤的街道——柏林——白天

邓布利多快步走过柏林的街道。克莱登斯尾随其后。

邓布利多穿过街道,慢慢地停在一家商店前面,他在橱窗的影子里看见了克莱登斯,克莱登斯在后面穿梭的汽车间时隐时现。

邓布利多对着一朵雪花慢慢吹了口气,雪花变成了一滴水珠。

镜头跟随着这滴水珠,它像一颗半透明的子弹飞进橱窗,越过那些有轨电车和汽车在橱窗里的映像,飞向克莱登斯,在他的额头上撞碎。随着水珠的炸开,街道的声音渐渐隐去,变得遥远。

邓布利多
　　你好,克莱登斯。

神奇动物

邓布利多转身面对他。克莱登斯很紧张,手握魔杖做好了准备,这时邓布利多迈步走到街道上。他们周围的世界似乎不一样了,节奏变得缓慢,仿佛进入了一个微妙的镜子里的柏林,一切都是映像。

他们绕着对方转圈,周围的人群似乎浑然不觉。克莱登斯举起魔杖。

克莱登斯

你知道举目无亲,总是孤身一人,
是怎样的感觉吗?

邓布利多慢慢地明白过来。

邓布利多

是你。你就是在镜子上留言的
那个人。

克莱登斯

我姓邓布利多。你们却抛弃了我。
你我的身上流淌着来自同一家族的血脉。

凤凰飞过,邓布利多抬头看了它一眼。克莱登斯体内散发的黑暗能量开始向外喷发,炸裂了路面,掀翻了他们周围的电车轨道。邓布利多审视着这种能量,认出了它,与此同时,周围的世界似乎一如往常。

克莱登斯(续)

它不是为你而来的。是为了我。

邓布利多之谜

克莱登斯身边的地面开始轰然炸裂。邓布利多变得紧张,预感到即将发生的事情。

克莱登斯的魔杖里吐出一道绿色的闪电。邓布利多把它挡开,他动作流畅,快得出奇。克莱登斯立刻冲向前,又发射了一个咒语,掀翻了地面,碎裂的石土块汇聚起来,撞向邓布利多身边,邓布利多清除了攻击物,然后幻影移形。

克莱登斯开始奔跑,掀翻了汽车、砖石瓦砾和窗玻璃,他的面前山崩地裂,如同制造了一场地震来袭击邓布利多。

邓布利多没有来得及继续躲闪,克莱登斯就扑了过来,两人紧扣对方的手臂决斗。

后面,一辆有轨电车驶来,邓布利多向后幻影移形,克莱登斯紧随其后,镜头跟着他们上了电车,克莱登斯发动无情的攻击寻找他。克莱登斯又射出一个强大的咒语,把电车一劈两半,镜头跟随他们以令人眼花缭乱的速度飞出电车,回到街道上。

静默。

此刻的街道静得出奇,克莱登斯第一次开始注意到周围的世界有些异样。

克莱登斯突然意识到有一根魔杖抵着他的脖子,他扭头一看,邓布利多站在他的身后。

邓布利多举起熄灯器。

神奇动物

邓布利多
事情真相往往并非如你所见,克莱登斯。不管别人告诉了你什么。

邓布利多轻轻一弹,周围的街道就被吸了进去,像一幅画一样融化,留下了真实世界的一个负像,仿佛那是一段遥远的回忆。

克莱登斯
我的名字是奥睿利乌斯。

邓布利多
他欺骗了你,点燃了你的怒火。

克莱登斯心灰意冷,闪电般地出击,一时间,他和邓布利多以迅不及防的速度决斗。

克莱登斯射出一连串爆炸性的咒语,邓布利多轻松地防守。

然后邓布利多消除了攻击,伸出手用一道咒语击中克莱登斯,克莱登斯向后倒去,一大团黑色的运动着的物质从他身体里涌出。

邓布利多用手上的魔法让克莱登斯缓缓落地,躺在覆盖着雪的街道上,他抬头看着阴沉的天空,和盘旋的凤凰。

邓布利多胸口起伏,他放下魔杖。黑色的蒸气在克莱登斯身后蠕动。邓布利多注视着凤凰飞下来,在克莱登斯的上空盘旋了一会儿,然后拍打翅膀飞走了。

通常，如果我们摧毁了一座城市，事后必须把它修复如初。但是在这里，邓布利多和克莱登斯置身于一个镜中世界，这使我们有机会真正展示克莱登斯作为巫师的独特技能。我们设计新的方式让咒语变得形象具体，使它们最终像悬在空中的美丽雕塑。我们做的一件事是尝试改变物体的性质，让看起来应该是固体的东西变成液体，或轻轻一挥魔杖，海啸般的碎石瓦砾就变成了雪。最后，这个镜中世界变得完全漆黑，但是在地面积雪融化形成的水坑里，可以看到明亮的天光，以及真实柏林的人来车往。

——克里斯蒂安·曼兹
（视觉特效）

神奇动物

角度切换——克莱登斯

邓布利多走上前。他蹲下身——平静地——看着克莱登斯。

克莱登斯目光游移，凝视着邓布利多的眼睛。

> **邓布利多**（续）
> 他告诉你的不是真相。
> 不过我们确实有血缘关系。
> 你的确姓邓布利多。

听了这话，克莱登斯与邓布利多互相对视。这样的交流保持了片刻。流动的黑色物质回到克莱登斯体内。邓布利多轻轻把手放在克莱登斯胸口上。

> **邓布利多**（续）
> 我很抱歉你这么痛苦。我们之前
> 真的不知情。

邓布利多再次举起熄灯器，一个咒语颤动着发出去，此刻他和克莱登斯回到街道上，之前映在他们脚下水坑里的那个世界，已经被融化的积雪收去。

邓布利多从克莱登斯身边退后一步，仔细地打量着他，然后伸出一只手。

克莱登斯握住那只手，邓布利多便俯身把他拉起来，然后消失在了繁忙的街道上。克莱登斯注视着他离开。

邓布利多之谜

48 外景。封闭的地铁入口——柏林——同一时间——晚上

纽特走过来,打开了生锈的格栅门上的锁。

49 内景。厄克斯塔监狱——柏林——稍后

一支明灭不定的蜡烛,诡异地映照出一个蓬头垢面的看守,他身后是一面由许多小格子组成的墙。

纽特
我是来这儿看我哥哥的。他叫作忒修斯·斯卡曼德——

纽特递过邓布利多提供的文件时,一张饱经风霜的蒂娜照片打着转儿掉到桌上。一个兴奋不已的魔法印章跳着走过纽特的文件,接近了照片。纽特及时把照片抽走。

纽特(续)
抱歉,那是……

纽特这才注意到:看守脖子上系着忒修斯的领带。他盯着看了一会儿,然后:

看守
魔杖。

纽特皱起眉头,把手伸进大衣,不情愿地服从了。看守僵硬地站起来,开始用自己的魔杖在纽特身上检查。魔杖悬在一个口袋上时,里面

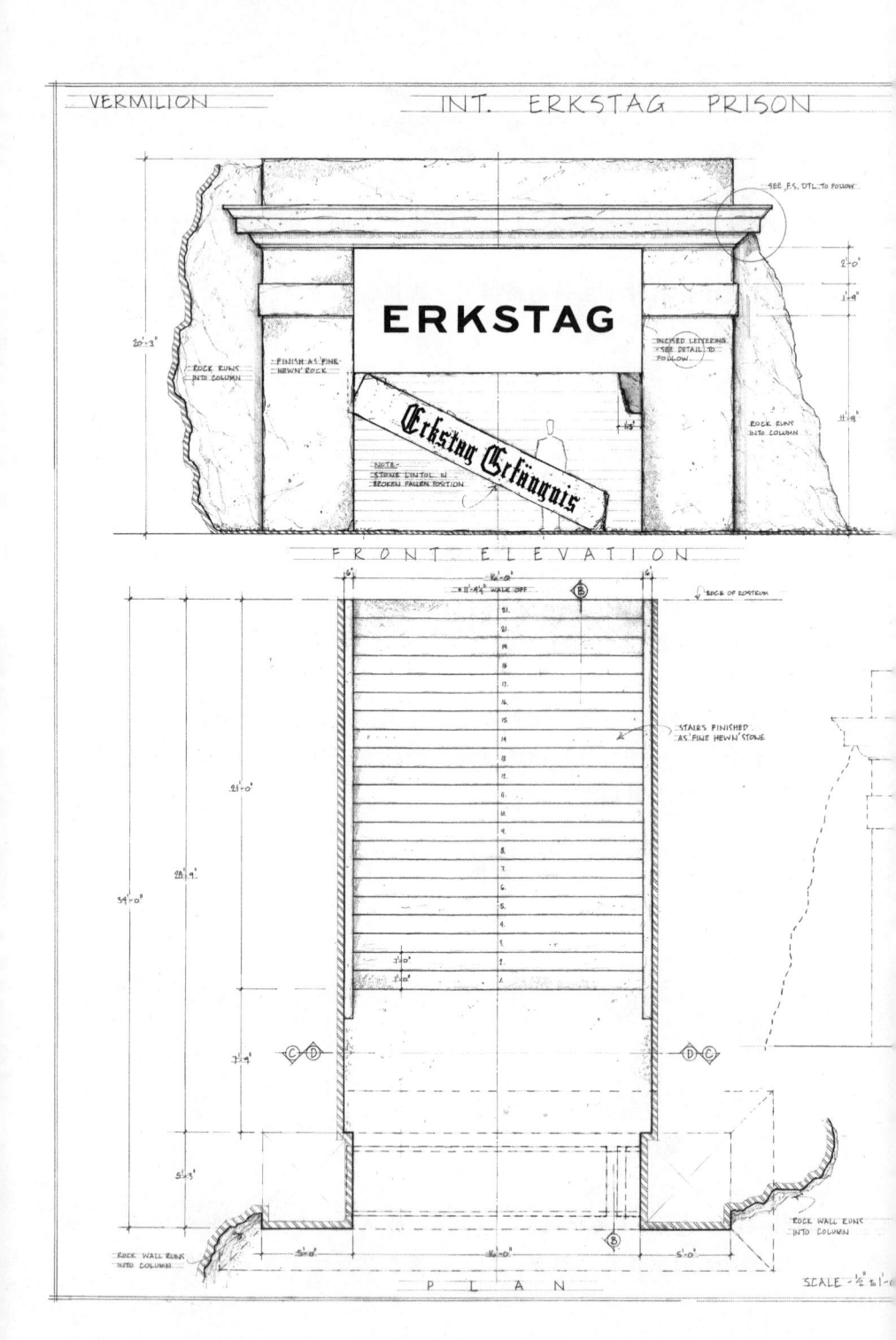

厄克斯塔监狱立视图

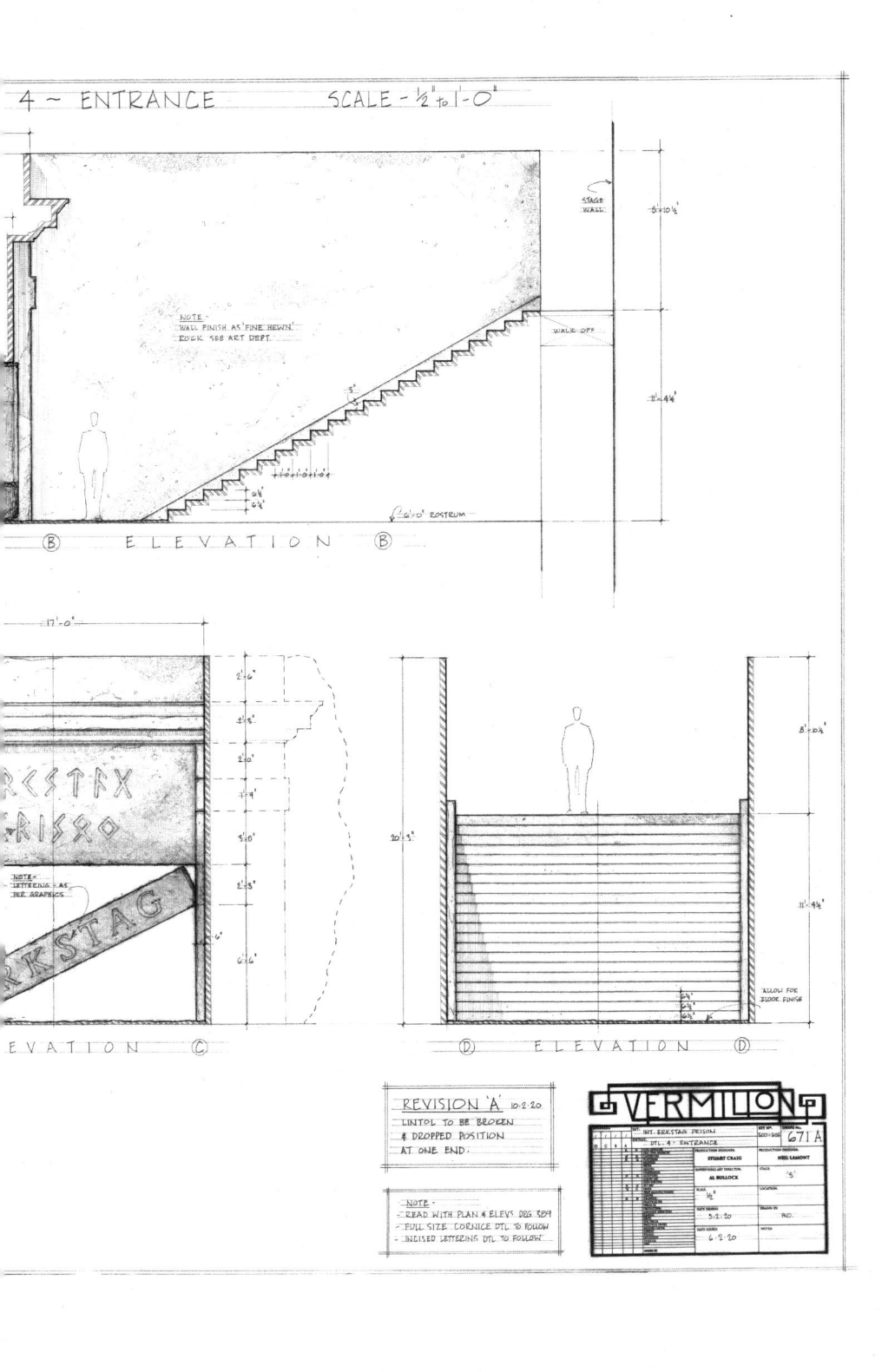

4 ~ ENTRANCE   SCALE - ½" to 1'-0"

ELEVATION B-B

NOTE-
WALL FINISH AS 'FINE HEWN'
ROCK SEE ART DEPT.

STAGE WALL
WALK OFF
8'-10½"
11'-4⅛"
2½'-0" ROSTRUM

ELEVATION C

17'-0"
2'-6"
1'-3"
2'-0"
1'-9"
3'-10"
1'-3"
6'-6"

NOTE-
LETTERING AS PER GRAPHICS

ELEVATION D-D

20'-3"
8'-10½"
11'-4⅛"
ALLOW FOR FLOOR FINISH

REVISION 'A' 10·2·20
- LINTOL TO BE BROKEN
  & DROPPED POSITION
  AT ONE END.

NOTE-
- READ WITH PLAN & ELEVS DRG 389
- FULL SIZE CORNICE DTL TO FOLLOW
- INCISED LETTERING DTL TO FOLLOW

VERMILION

SET: INT. ERKSTAG PRISON	SET N°: 500/506	DRG N°: 671 A
DETAIL: DTL. 4 - ENTRANCE		
PRODUCTION DESIGNER: STUART CRAIG	PRODUCTION DESIGNER: NEIL LAMONT	
SUPERVISING ART DIRECTOR: AL BULLOCK	STAGE: 'G'	
SCALE: ½"	LOCATION:	
DATE ISSUED: 5·2·20	DRAWN BY: P.D.	
DATE ISSUED: 6·2·20	NOTES:	

神奇动物

传出吱吱的叫声。

纽特
那是——我是一名神奇动物学家……

看守把皮克特从口袋里掏了出来。

纽特（续）
它是完全无害的。这个小家伙就是个……
小宠物。

皮克特伸着脖子，皱起了眉头。

纽特（续）
对不起。

泰迪从另一个口袋里探出头。

纽特（续）
那是泰迪——老实说，它可不是
个省油的灯——

看守
它们得留在这里。

纽特不情愿地把两个动物递了过去，难过地注视着看守把皮克特，连同纽特的魔杖一起，放进一个格子，把泰迪放进另一个格子，它胖胖的身体把格子填得满满的。皮克特恳求地尖叫着。

邓布利多之谜

随着令人作呕的吧唧一声，看守把手伸进一个小桶，桶里蠕动着许多幼虫，他挑出一只幼虫，在手里摇了摇，幼虫颤抖了一下，变成了一只萤火虫。他把虫子放进一盏小小的铁皮提灯，萤火虫扑扇着翅膀，提灯发出微弱的、颤动的光。纽特手里拿着提灯，打量着黑暗的地道。

纽特

我怎么才能知道他在哪儿呢？

看守

不是你哥哥吗？

纽特

是的。

看守

你按照他的长相去找
不就成了。

纽特离开时，皮克特盯着他的背影。

纽特

我去去就回，皮克。说到做到。

就在黑暗即将吞没纽特时，他回头看了看。

看守

"我去去就回，皮克。说到做到。"说不定

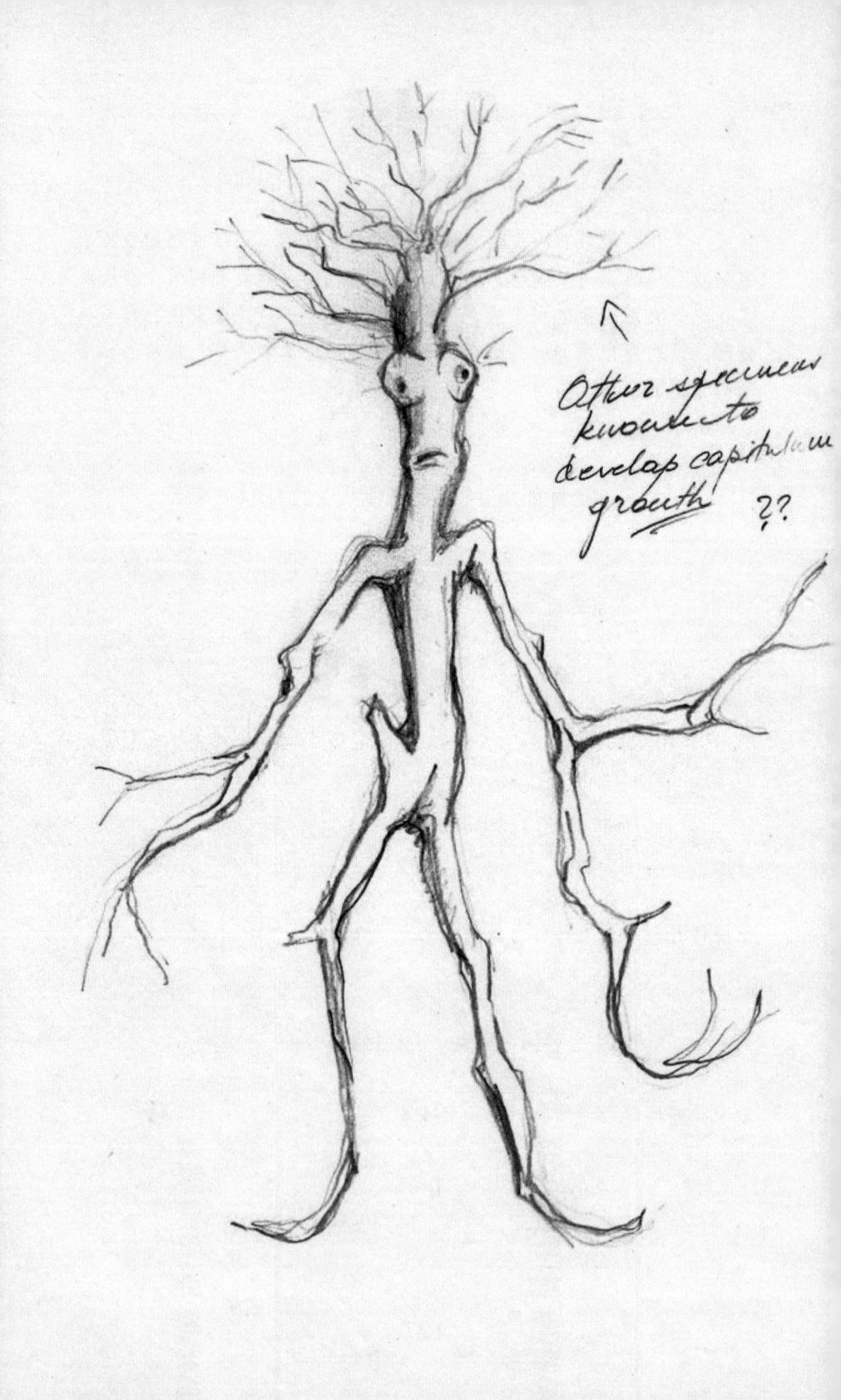

Other specimens known to develop capitulum growth ??

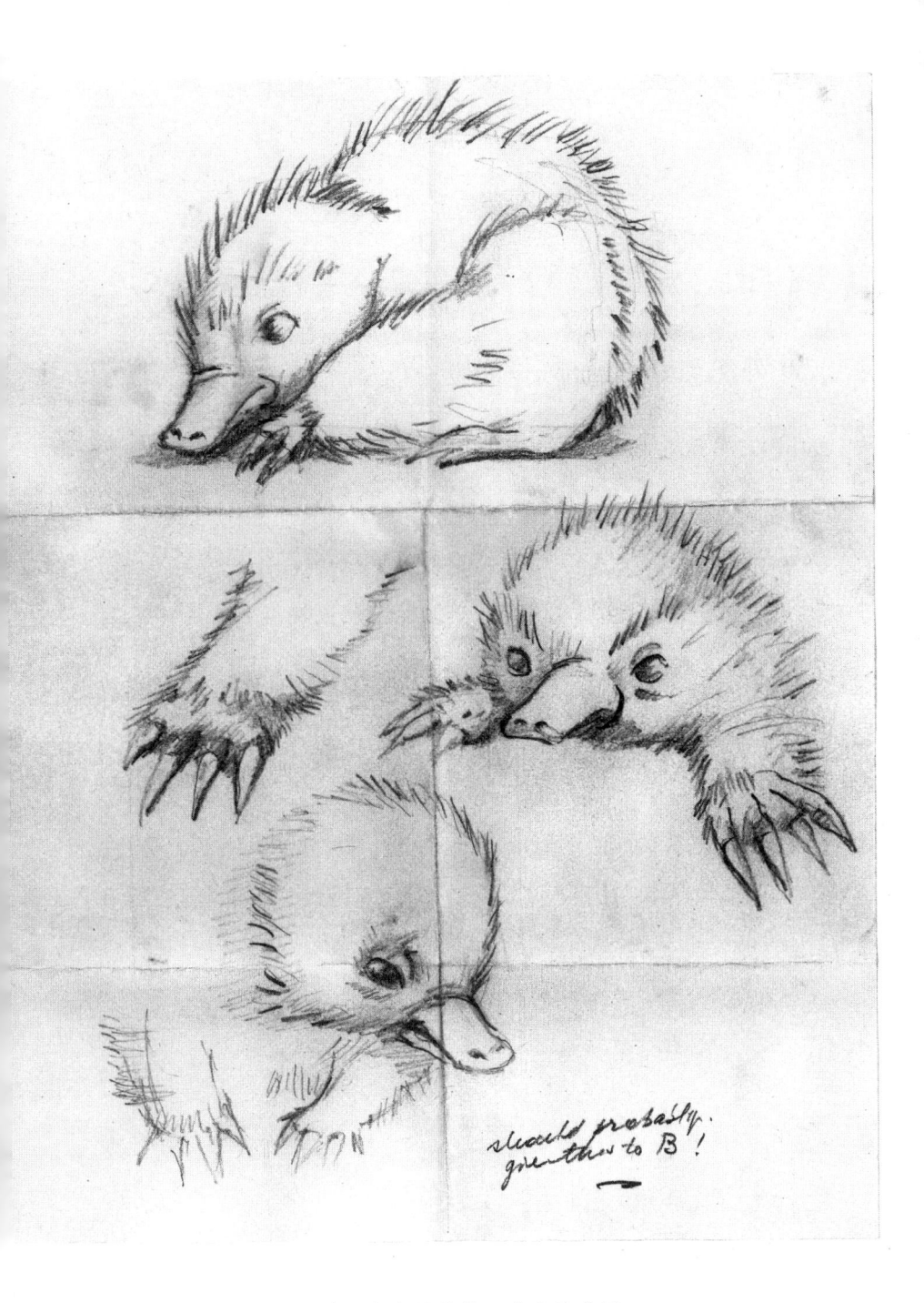

纽特·斯卡曼德笔记本上的草图

神奇动物

我哪天还能当上魔法部部长呢。

看守露出冷酷的狞笑。泰迪看着这一切,皮克特朝看守吐着舌头。

50 外景。德国魔法部——夜晚

此刻,魔法部周围的街道上挤满了格林德沃的支持者,他们举着印有格林德沃肖像的海报,鼓手们疯狂地敲着鼓点。在台阶的顶上,赫尔穆特不动声色地审视着一切。

51 内景。格林德沃的汽车——续前——夜晚

格林德沃——冷静而饶有兴趣地——凝视着茶色玻璃外一张张被扭曲的脸。罗齐尔坐在他身边。

窗外的那些脸不再清晰。相反,玻璃上出现了一个画面,一个只有格林德沃才能看到的画面。雅各布拿着一根魔杖。

罗齐尔身体前倾,正在跟司机说话。

罗齐尔
把车开到后门去。这里不安全。

格林德沃
(回过神来)
不用。摇下来。

邓布利多之谜

罗齐尔

什么？

格林德沃

车窗。把它摇下来……

罗齐尔伸出颤抖的手，打开了车窗。立刻有手指摸索着探进了车里，人群咆哮着。自始至终，格林德沃都保持冷静，闭着双眼。然后，毫无预兆地，他打开了车门……

罗齐尔

不！不要！

格林德沃投进了外面汹涌的人流中，罗齐尔呆坐着。

52 外景。德国魔法部——续前——夜晚

格林德沃像罗马治安官一样挥舞手臂，让一群狂热的支持者抬着他走上台阶。

53 内景。楼上的阳台——德国魔法部——同一时间——夜晚

一位身材高大的英国女巫，与法国魔法部部长（维克托）、费歇尔和沃格尔站在一起，望着下面不断膨胀的人群。

沃格尔

那些人不是建议我们倾听他们的声音。同样也不是提出请求。

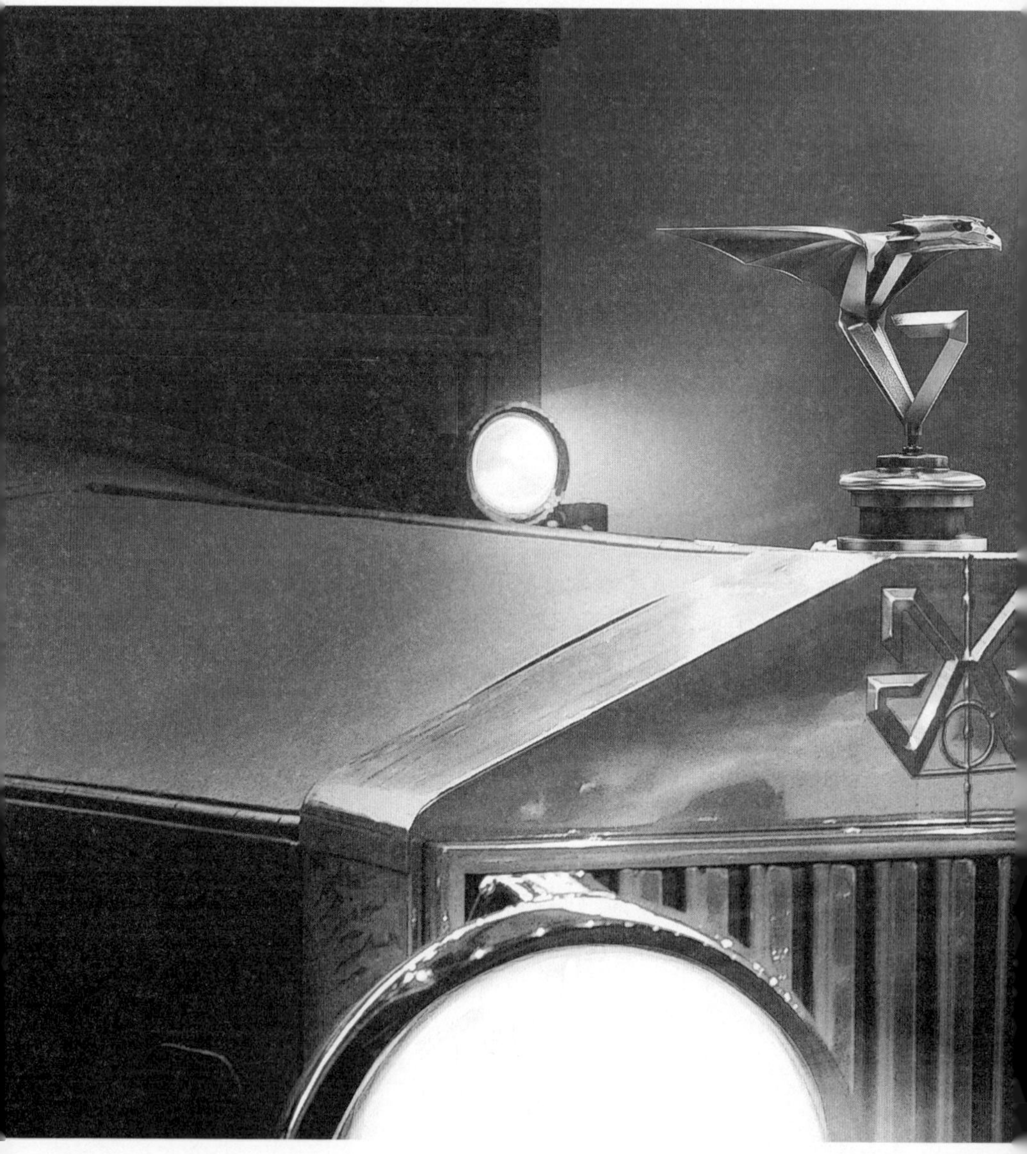

格林德沃汽车上的字母立体车标设计图

神奇动物

他们在强烈要求。

英国女巫
你不会真的提议允许那个人
参与竞选吧——

沃格尔
是的！就是要让他参选！

楼下的地面上,像幽灵一样白的罗齐尔走出车门,看着格林德沃随人潮移动。

英国女巫
格林德沃想让麻瓜和巫师开战!
倘若真的如他所愿,不仅会
毁了麻瓜世界,还会毁了
魔法世界。

沃格尔
所以说,他不能获胜!我们
让他成为候选人。让大家来投票。
即使他落选了,那也是民众之愿。
但是如果不给他们发声的权利……
那么大街小巷将会血流成河。

其他人看着下面,注视着格林德沃被人群用手臂托起,抬上了魔法部的台阶。

54 内景。地道——厄克斯塔监狱——夜晚

一点微弱而颤动的光正在靠近。随着它越来越近,纽特的身影变得清晰。他停住了脚。

纽特
忒修斯!

周围的阴影中可以听到细微的动静。

格林德沃的竞选宣传资料

→VOTE←

Gellert

GRINDELWALD

FOR
SUPREME MUGWUMP

INTERNATIONAL
CONFEDERATION
OF WIZARDS

BEHOLD THE INSIGNIA OF THE GREATER GOOD

纽特蹲下来，晃动提灯。一只类似螃蟹的小生物——小蝎尾兽——匆匆爬了过来。看到纽特，它摆动自己的爪子。不可否认，它的样子很可爱。

纽特似乎没有被迷住。就在他注视着的时候，另一只小蝎尾兽出现了，接着又是一只，又是一只。其中一只抬起头，露出了牙齿。并不可爱。

纽特后退着进入一个中央山洞，他的脚踩在一个大坑的边缘。他低头看着那黑洞洞的大坑。下面的阴影里有什么东西在蠕动。

纽特突然采用了一种奇怪的、类似螃蟹的走路姿势。小蝎尾兽纷纷模仿他的动作。

55 内景。大厅——德国魔法部——夜晚

一盘盘的龙虾被端上了餐桌。拉莉此刻已落座，目光在房间里扫视，打量着刘和桑托斯坐的桌子，判断着周围那些服务员和侍者是否构成潜在的威胁。一个眼睛乌黑的侍者不断进入拉莉的视线。

雅各布的酒杯神奇地自动斟满了酒，他端起酒杯——注意到伊迪丝在房间那头热情地招手——便向她举杯致意。然后，他注意到伊迪丝左边坐着一位气度不凡的巫师，留着指挥家一般的发型。

雅各布
拉莉。那个发型奇怪，坐在伊迪丝
旁边的人像是会杀人的样子。
他长得很像我叔叔多米尼克。

邓布利多之谜

拉莉

（看）

那你的叔叔多米尼克是挪威魔法部的部长吗？

雅各布

不是。

拉莉

我猜也不是。

拉莉微笑。然后，突然间，房间里的气氛变了，格林德沃及其随从兴冲冲地、横冲直撞地进了房间。这个房间里都是拼命往上爬的人，格林德沃发型歪斜、外套皱巴巴，显得格外放浪不羁。他转身示意家养小精灵四重奏乐队继续演奏。

他在房间里走动，后面跟着罗齐尔、奎妮、卡玛、卡罗、沙比尼和其他巫粹党们。

奎妮走过时，雅各布站起了身。

雅各布

奎妮……奎妮。

奎妮知道他在那儿，但完全不理睬。

雅各布·科瓦尔斯基的服装草图

邓布利多之谜

格林德沃
（发现桑托斯）

桑托斯夫人。很荣幸。
你的支持者们真是热情。

桑托斯
（冷冷地微笑）

你的也是如此，格林德沃先生。

格林德沃挤出一个微笑。

56 内景。地道深处——厄克斯塔监狱——夜晚

忒修斯被束住脚踝，倒吊在一间小牢房里。一阵咔啦啦的声音响起，他朝地道里看去，纽特走进了他的视线，纽特迈着剪刀式的步子，奇怪地侧身走着，身后跟着数百只小蝎尾兽，它们似乎都在模仿纽特。

忒修斯

你是来救我的吗？

纽特

是这么打算的。

忒修斯
（示意纽特的剪刀步）

那想必——你之所以用这个姿势走路
一定是——战略需要？

神奇动物

纽特
没错,这是一种拟态仿生技巧。
理论上说,可以缓解动物的
暴力倾向。其实,我以前只试用过
一次而已。

忒修斯
效果怎么样?

纽特
还没有定论。因为那是在
实验室里严控条件下模拟的环境。
而且,目前的情况更加不稳定,
所以更难判断最终的结果
会是怎样。

忒修斯
这次的最终结果应该是我们
可以活着出去吧。

这时一只巨爪从下面的黑暗中伸出来,纽特一动不动。忒修斯和纽特惊恐地面面相觑。纽特小心地转向巨爪,它端详了他一会儿,这时忒修斯隔壁牢房的提灯噼啪一响,熄灭了。

巨爪缩了回去,然后一条类似蝎子尾巴的巨尾伸入已漆黑一片的牢房,拖出那具被包裹的身体,把他拖进了下面的深坑。停顿。然后:尸体从黑暗中被弹回来,噗嗒一声,落在几英尺开外。纽特举起他的提灯,照出那具身体已经被开膛破肚,现在成了一大群蝎尾兽的食物，它们正连滚带爬地过去享用。纽特抓住机会，侧身走进牢房，扯开裹住忒修斯脚踝的纱布。

纽特扯掉最后几缕纱布，忒修斯掉在了地上。

忒修斯（续）
干得好。

兄弟俩走出牢房，面前又是一堆密密麻麻的蝎尾兽，堵住了他们的去路。

忒修斯（续）
所以下面的计划是——？

纽特
你拿着。

他把提灯递给忒修斯。他双手拢在嘴边，发出一种古怪的哨音，类似夜鹰的叫声。

57 内景。厄克斯塔监狱——同一时间——夜晚

看守翘着双脚打着呼噜，皮克特打开了自己小格子上的挂锁，然后打开了门。

纽特不善于与人交往。他和他的神奇动物在一起时更轻松自在。他天生不是一个擅长融入体制的人，在学校里也不太合群。事实上，他最后是被学校开除的！而忒修斯上学的时候是个亮眼人物，后来进入魔法部，成为了一名叱咤战场的英雄。他仪表堂堂，不怒自威，具有纽特所没有的与人相处的能力。兄弟俩的个性完全不同，但是在这部电影里他们必须一起合作，于是他们意识到实际上两人性格互补，相辅相成。

——埃迪·雷德梅尼
（纽特·斯卡曼德）

邓布利多之谜

58 内景。厄克斯塔监狱——同一时间——夜晚

忒修斯
你那样做能有什么用?

纽特
我们需要帮助。

纽特摆出一个模仿芭蕾舞的姿势。小蝎尾兽们立刻开始模仿他。

纽特(续)
跟着我。
　　　　　(停顿)
跟上。

忒修斯摆出同样的姿势,纽特和忒修斯开始拖着脚走开。

纽特(续)
你这样扭得不对。这么扭,扭起来,
也要小心翼翼的。

忒修斯
我跟你扭得一模一样,纽特。

纽特
我看着可差远了。

在他们之间,另一个牢房外的提灯熄灭了,巨尾伸出来,抓走了另

在厄克斯塔的场景中，整个监狱由提灯照亮，每盏提灯里有一只萤火虫。原理是这样的，蝎尾兽很不喜欢这些虫子，所以它们被挂在每个犯人的牢房外。提灯一灭，蝎尾兽就发动攻击。所以，只要看到你的萤火虫熄灭，你就知道自己死到临头了，因为蝎尾兽会扑过来把你刺死。

——克里斯蒂安·曼兹
（视觉特效）

邓布利多之谜

一个人。

片刻后，这具尸体也被弹回来，松松垮垮地落在地上。忒修斯和纽特交换眼神。

忒修斯
　　接着扭。

59 内景。大厅——德国魔法部——夜晚

奎妮静静地坐着。一颗泪珠从奎妮的眼睛里滚落，在桌上人看不到的一侧脸颊上流淌。

房间的另一头，雅各布正目不转睛地盯着她。镜头持续对准他们，两人深情凝视，周围的世界逐渐变得遥远，不再重要，直到……

格林德沃
　　去找他。

奎妮大吃一惊，发现格林德沃正凑近她身边。他朝她的身后点点头，克莱登斯正在门口徘徊。奎妮站起身……

格林德沃（续）
　　奎妮。跟他说没关系。看得出来
　　他失败了。他还会有机会的。
　　我最看重的是他的忠心。

格林德沃盯住了她的眼睛。她点点头，挣脱他的手，离开了。

神奇动物

新的角度——拉莉

拉莉注视着奎妮穿过房间。雅各布站在那里看着她走过,但是奎妮拼命克制自己——看得出此刻对她来说很难——再次对他视而不见。雅各布顿感灰心,又坐了下来。

拉莉看着那边的格林德沃。罗齐尔和眼睛乌黑的侍者走进房间。她对他小声低语。眼睛乌黑的侍者顿了一下,然后走向桑托斯的桌子。

拉莉的目光追随着走向房间那头的眼睛乌黑的侍者,他端着一杯红宝石色的液体。拉莉扔下餐巾,站起身来,同时扭头看着雅各布。

    拉莉
  在这儿别动。

雅各布又灌下一杯酒。

拉莉从侍者们身边挤过,在服务员中间小心穿行。

    拉莉(续)
  不好意思。

拉莉看着眼睛乌黑的侍者靠近桑托斯……

……眼睛乌黑的侍者朝桑托斯俯下身,放下酒杯。拉莉走过去,但是被两个保镖拦住了。

邓布利多之谜

雅各布

天哪。

雅各布摇晃着走近格林德沃的桌子,像踩在一条摇摆的船上。

桑托斯举起杯子,红宝石色的液体带有威胁地升到空中。拉莉隐蔽地射出一个咒语,液体嗖地飞过主桌,撞在一扇门上,腐蚀了木头。

雅各布走到桌边时,格林德沃才意识到他的存在,平静地打量着他。

雅各布

放过她。

格林德沃

你说什么?

雅各布抽出魔杖。

挪威部长

有刺客!

拉莉转身,不敢相信地回过头,这时雅各布把两只手都举了起来。

嗖!拉莉再次挥动魔杖,雅各布拿魔杖的手臂垂直伸向空中。龙卷风般的漩流吞噬着房间,房间里的东西似乎被扔进了搅拌机。

拉莉迅速又发出一个咒语,把两个保镖的鞋带绑在了一起。

神奇动物

客人们纷纷逃离，每一盏枝形吊灯都在摇摆，窗帘在墙壁上翻卷，桌布来回滑动，餐巾纸像鸽子一样飞了起来。

可以感觉到远处有个人影——一个模模糊糊的人影。雅各布的眼睛调整过来后，画面变得清晰，那个人影原来是……

奎妮。

她像他一样站着，仍然身处混乱之中，眼睛凝望着他。他们四目交会……

……奎妮被卡玛拉着，开始从视线中离开。

赫尔穆特和他的傲罗们走进了房间。

就在消失前的一刻，奎妮挥了一下自己的魔杖，一把椅子朝赫尔穆特飞去，挡住了赫尔穆特的视线，使他看不见雅各布。

拉莉掏出她的书，扬手抛向空中。她把一盏枝形吊灯砸向赫尔穆特和他的傲罗们，这时书页像瀑布一样喷出来，一道楼梯出现了，雅各布转身快步走上去，拉莉也踩着书页向他跑去，一边向傲罗发射咒语。

赫尔穆特发出一道火焰攻击，点燃了书页楼梯。雅各布冲向拉莉。嗖！他们被吸进了书里。

邓布利多之谜

60 内景。厄克斯塔监狱——同一时间——夜晚

看守哼了一声,椅子向后倾斜。泰迪——叼着他脖子上亮闪闪的领带的一端——身子往前出溜,小脚垫在桌面上磨得吱吱响。

上面,皮克特试着拿回纽特的魔杖,摇摇晃晃地站在一个格子边缘。下面,看守醒了过来,椅子停住了。然后……

领带的结终于松开了,椅子向后倒去,看守像被伐倒的树一样,轰然砸向那些小格子,把皮克特弹了出去。

泰迪跳了起来,忽略半空中的皮克特,抓住了一些掉落的钱币,然后摔在地上。

又传来了口哨声。

61 内景。牢房——厄克斯塔监狱——同一时间——夜晚

忒修斯手里的提灯忽明忽灭。突然,嘎吱一声,忒修斯停住了。

小蝎尾兽突然停住了,盯着他们。忒修斯低下头,慢慢地、小心翼翼地抬起右脚,只见他的脚下有一只被踩扁的小蝎尾兽。

他看着纽特。

就在这时,忒修斯的提灯终于熄灭了,两人陷入黑暗之中。小蝎尾兽纷纷逃走。

神奇动物

巨尾举了起来,准备发起攻击。

兄弟俩不约而同地撒腿就跑,巨尾砸碎了离他们几英尺的牢房墙壁。

纽特和忒修斯在地道里狂奔,巨尾和巨爪挥舞着、击打着,迂回地追逐他们,向他们喷射火焰,后面是巨蝎尾兽本身,它从缝隙处挤过来,紧追不舍。

巨蝎尾兽凶猛地扑向忒修斯,他向右一转,在一处突出的岩壁上奔跑,险象环生。巨蝎尾兽的眼睛、爪子和腿都朝他扑来,忒修斯往左一跳,正好避开了那条差点把他刺穿的腿。

纽特和忒修斯会合,继续狂奔,身后的天花板坍塌下来,压住了巨蝎尾兽。

忒修斯舒了一口气,下一刻巨蝎尾兽的一只巨爪就缠住了他的腰,开始把他拖走。纽特使出全力抓着哥哥,跟在后面。

泰迪向他们冲来,牙齿间叼着忒修斯的领带;皮克特像牛仔似的骑在它身上,手里拿着纽特的魔杖。看守在他们后面发射咒语,咒语击中了泰迪,皮克特一下被甩到空中,还有纽特的魔杖。

忒修斯被巨蝎尾兽拖向坑的边缘,纽特抓住忒修斯。皮克特落在纽特脚边,拿着他的魔杖。

纽特看到了它,拿过自己的魔杖,皮克特迅速抓住魔杖。纽特向泰迪施了个咒语……

纽特

速速飞来!

……泰迪升到半空中,翻滚着飞向他们。

纽特(续)

抓住领带!

他们开始翻滚着掉进大坑。

……然后他们不见了。

看守独自笑了几声,不料他的提灯扑闪着熄灭了。他惊恐地看着那一片墨汁般的黑暗。

62 外景。林地——续前——第二天早晨

纽特和忒修斯哗啦啦跌进一片树林,重重地落在青苔地上。他们满身树叶地站起来,仍然手牵着手。

忒修斯拨开缠在他腰间的蝎尾兽巨爪。巨爪向湖里滑去。

纽特

那是个门钥匙。

忒修斯把仍然抓着领带的泰迪递给纽特。

神奇动物

忒修斯

对。

纽特

（对皮克特和泰迪）

多亏你们两个。

纽特和忒修斯从树林中出来，望着波光粼粼的湖面。远处耸立着一座城堡。泰迪和皮克特从纽特的口袋里探头张望。皮克特高兴地咕咕叫。

霍格沃茨。

城堡上空，一名魁地奇球员正在追赶金色飞贼。

63 内景。礼堂——霍格沃茨——稍后——早晨

早餐接近尾声，拉莉和几个学生坐在桌旁。

拉莉

虽然你们两个都没问我，不过我建议你们一定要把魔咒课学好。

纽特和忒修斯走了进来。

纽特

拉莉。

邓布利多之谜

拉莉

你俩怎么才来？

纽特

我们遇到了一些麻烦。
你们呢？

拉莉

我们也遇到了一些麻烦。

她递给纽特一份《预言家日报》。忒修斯从纽特的身后看去。头版是格林德沃和雅各布的照片，标题十分醒目：

凶残的麻瓜！

忒修斯

雅各布想刺杀格林德沃？

拉莉

这事……说来话长。

雅各布和一群学生坐在一张学院长桌旁。他正在给学生们看他的魔杖。

红发拉文克劳学生

真的是蛇木做的吗？

雅各布

那还有假，当然是蛇木。

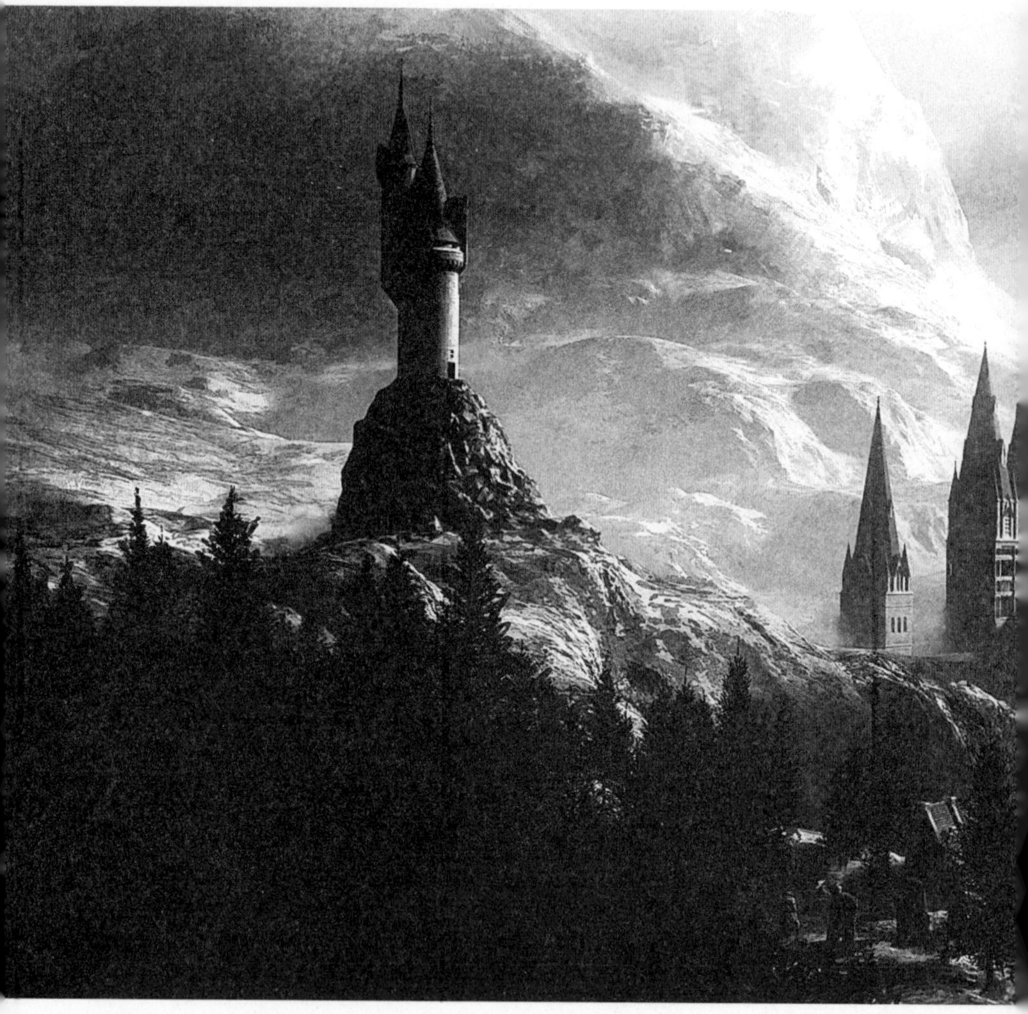

霍格沃茨外景的概念图

神奇动物

一个瘦小的二年级女巫凑了过来。

小女巫
能不能……？

她伸手去摸魔杖。

雅各布
很危险的——魔力太强了。
很罕见,如果落到坏人手里,
就不妙了。

小女巫
那你是从哪儿得来的?

雅各布
圣诞节礼物。

拉莉(画外音)
雅各布!看看是谁来了。

雅各布转身看见了拉莉、纽特和忒修斯。

雅各布
是我的巫师朋友们。
(对孩子们)
纽特和忒修斯。我们就像这样,懂吗?

《预言家日报》的前期设计图
空白处预留给雅各布·科瓦尔斯基的活动照片

神奇动物

雅各布把中指和食指交叉在一起，又竖起大拇指。

雅各布（续）
这个才是我。我得走了。
好了，你们玩。别做不该做
的事。

雅各布和其他人聚在一起。

雅各布（续）
这也太不可思议了吧，
这么多迷你的小女巫
和小巫师满地跑。

忒修斯
可不是吗？

雅各布
（对纽特）
那刺客就是我。

拉莉
纽特和忒修斯都在霍格沃茨
上过学。

雅各布
这我知道。这儿的学生都很热情。
这是那几个斯莱特林小男生

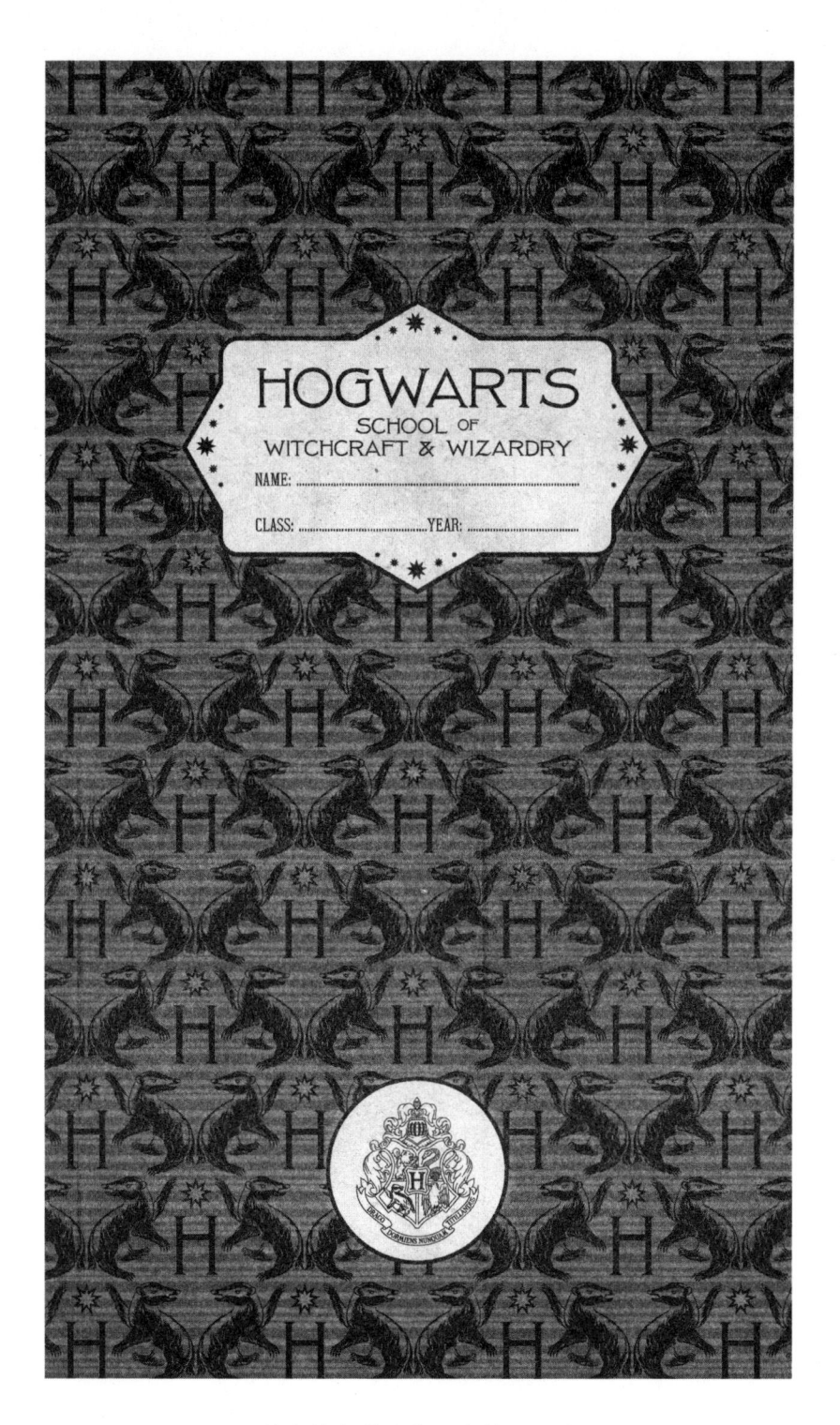

赫奇帕奇学院笔记本封面设计

给我的。很好吃，有人要吗？

雅各布从口袋里掏出一个纸袋，把一块黑色的甜品丢进嘴里，然后把纸袋递给其他人。

纽特
我本人向来都欣赏不来
蟑螂串的味道。不过，
蜂蜜公爵的应该是最好的。

雅各布脸色发白了，斯莱特林的同学们爆发出一阵大笑。他们朝礼堂的后面走去。其他人转身看见麦格，她正领着学生们离开。邓布利多走了过来。

忒修斯
麦格。阿不思。

邓布利多
太棒了。你们都做得非常好。
恭喜大家。

忒修斯
恭喜我们？

邓布利多
没错。希克斯教授成功阻止了
一场暗杀行动。而你还活着，
而且精神不错，一切都没按计划走，

邓布利多之谜

但是我们的计划就是不按计划走。

拉莉

反视法的基本招式。

忒修斯

阿不思。恕我直言,这不是又回到原点了吗?

邓布利多

要我说,我们现在处境比开始还要差很多。

(对拉莉)

你还没告诉他们吧?

忒修斯和纽特转向拉莉。

拉莉

他们已经允许格林德沃参加竞选了。

忒修斯 / 纽特

什么!怎么会?

邓布利多

因为沃格尔选择了容易,而非正义。

邓布利多把魔杖挥向空中,把手绘的高山和河谷组合在一起,仿佛

> 我认为，霍格沃茨是邓布利多感到最自在的地方，是他远离尘世的避难所。

——裘德·洛
（阿不思·邓布利多）

> 在这部电影中，邓布利多显得比我们之前看到的更为典雅，尤其是在服装的面料和材质方面。他的粗花呢衣服传达了奢华和舒适的理念，其十分柔和的灰色，令人联想到他后来在"哈利·波特"系列电影中穿的淡紫色衣服。

——科琳·阿特伍德
（服装设计）

阿不思·邓布利多的服装草图

TRANSFIGURATION TODAY

EDITION 5948

THE MAGAZINE THAT CHANGES LIVES

TRANSFIGURATION MASTERMINDS OF TOMORROW
A LOOK AT THE TOP WIZARDING STUDENTS OF HOGWARTS AND BEYOND...

Aliquam felis tellus, lobortis eget ante sit amet, pharetra fermentum massa. Pellentesque bibendum mi a erat eleifend, non interdum nisl pharetra. Etiam pretium odio nec malesuada consectetur. Nullam sed gravida enim, in eleifend augue. Quisque sit amet lorem feugiat, mollis mauris in, ultrices velit. Nullam luctus facilisis purus et egestas. Pellentesque mattis egestas lectus, vel viverra lectus vulputate vitae. Aenean ipsum diam, convallis ac porttitor vel, luctus ut lectus. Proin sagittis sagittis purus, sed vehicula urna tempus est. Ut porta risus dolor, sit amet porta felis lobortis eu. Aliquam erat volutpat. Suspendisse laoreet

Sed mauris velit, dignissim ac sollicitudin tincidunt, varius eu metus. Suspendisse in elit dignissim, pulvinar dui et, imperdiet at eleifend mattis magna. Maecenas in elit dignissim, pulvinar dui et, imperdiet end non interdum nisl pharetra. Etiam molls ligula dictum in, ultricies velit nec arcu ullamcorper, eget mollis ligula pretium odio nec malesuada consectedictum. In ultricies velit facilis porta tin-tur. Nullam sed gravida enim, in eleifcidunt, lectus enim posuere purus, in end augue. Quisque sit amet lorem congue est metus sed velit. Sed bibendum feugiat, mollis mauris in, ultrices velit. at mi vel congue. Integer vel nisi vitae Nullam luctus facilisis purus et egestas. odio pretium feugiat id vel diam. Nunc Pellentesque mattis egestas lectus, vel hendrerit arcu sit amet leo pretium, nec viverra lectus vulputate vitae. Aenean vestibulum lorem elementum ac vel vestiaiquam, orci et fringilla consequat, nibh bulum elit vitae nibh. Duis turpis neque, tellus integer pretium nisl vel nunc blanegestas congue diam eu, iaculis convallis dit, ut posuere nunc ornare. Suspendisse et lacus. Nunc laoreet ullamcorper sapien lacus massa. Morbi sodales sem vestibulum est condimentum.

CONTINUES ON............ PG. 4

►'OUT OF◄ THIN AIR'
DISCOURSE IN CONJURATION

In cursus dapibus mattis. Duis consequat id urna vitae ornare. Etiam tellus arcu, hendrerit a tellus duis semper pretium nulla. In hac habitasse platea dictumst. Praesent viverra a purus ut cursus. Suspendisse id tincidunt libero, at dictum nisl. Phasellus non neque imperdiet, fermentum ipsum at amet, interdum quam. Etiam vehicula eleifend nibh. Quisque sit amet eros a velit cursus dapibus. Nulla turpis elit, blandit id ullamcorper sed, placerat ac ipsum. Pellentesque facilisis lectus at euismod vehicula, eros ligula pretium ligula, sed varius dolor orci ut nibh. Vestibulum sem lacus, pellentesque ac euismod eget, facilisis maximus orci, in id tristique lacus a viverra mauris. Ut convallis, nisl sit amet blandit feugiat, magna arcu aliquet enim, sed tempor orci est quis est. Donec ac vulputate ante. In et nisl nisl. Vestibulum congue ex in sagittis posuere. Nullam posuere tortor et diam porta gravida.

CONTINUES ON...... PG. 14

JOIN THE DISCUSSION:
GAMP'S LAW TO BE LOOSENED ❓

Sed mauris velit, dignissim ac sollicitudin tincidunt, varius eu metus. Suspendisse in elit dignissim, pulvinar dui et, imperdiet at eleifend mattis magna. Maecenas luctus odio nec arcu ullamcorper, eget mollis ligula dictum in, ultricies velit facilisis porta tincidunt, lectus enim posuere purus, in congue est metus sed velit. Sed bibendum at mi vel congue. Integer vel nisi vitae odio pretium feugiat id vel diam. Nunc hendrerit arcu sit amet leo pretium, nec vestibulum lorem elementum ac vel vestibulum elit vitae nibh. Duis turpis neque, egestas congue diam eu, iaculis convallis lacus. Nunc laoreet ullamcorper sapien

Aliquam felis tellus, lobortis eget ante sit amet, pharetra fermentum massa. Pellentesque bibendum mi a erat eleifend, non interdum nisl pharetra. Etiam pretium odio nec malesuada consectetur. Nullam sed gravida enim, in eleifend augue. Quisque sit amet lorem feugiat, mollis mauris in, ultrices velit. Nullam luctus facilisis purus et egestas. Pellentesque mattis egestas lectus, vel viverra lectus vulputate vitae. Aenean ipsum diam, convallis ac porttitor vel, luctus ut lectus. Proin sagittis sagittis purus, sed vehicula urna tempus est. Ut porta risus dolor, sit amet porta felis lobortis eu

CONTINUES ON............ PG. 9

ESSAYS on REPARIFARGE

TRY THESE TIPS TO STREAMLINE ✴ Your ✴ SPELLS
.... PG. 7

SARDINE HEX
~ GOES ~ HORRIBLY WRONG...
.... PG. 21

13 NEW SPELLS TO TRY ON THE FAMILY CAT
...... PG. 17

ALBUS DUMBLEDORE
► PRESENTS ◄
THEORY & PRACTICE IN 20ᵀᴴ CENTURY TRANSFIGURATION

Printed By ML Press Ed. 2936/05

《今日变形术》头版的前期设计图

邓布利多之谜

他是一位街头艺术家。这些画面开始在他们周围变得真实具体，慢慢地形成了一片美丽的风景。其他人惊奇地抬头凝视着。

雅各布四处看，显得晕头转向。

忒修斯

没事的。

纽特

不丹。

邓布利多

答对了。赫奇帕奇加三分。
不丹王国，位于东喜马拉雅
山脉的高处。那是一个美得
无与伦比的国度。我们研习的
一些很重要的魔法都源自
那里。据说只要你用心聆听，
就能听到往昔的密语。
这里也是选举进行的会场。

一团团云在礼堂的天花板下形成。云团之间可见一座空中城堡，前一秒还在，下一秒就消失了。

忒修斯

他赢不了的吧？

神奇动物

邓布利多
就在几天前,他的身份还是
一名逃犯。现在却摇身一变,
成了国际巫师联合会会长的候选人。
危险的时代,偏爱危险的
人才。

邓布利多转过身,开始走出礼堂。不丹的图景在他身后逐渐消散成烟。

几个人都盯着邓布利多。

邓布利多(续)
顺便提一句,我们晚上去村子里
和我弟弟吃饭。这之前若还需要
什么,找米勒娃就行。

邓布利多离开时,拉莉探过身来,窃窃私语。

拉莉
邓布利多还有弟弟?

64 内景。猪头酒吧——稍后——夜晚

阿不福思递给麒麟一盘牛奶。麒麟顿时站起来,俯下头去喝牛奶,发出各种快乐的声音。邦迪看着这一切。

就在这时,前门咔啦啦一响,一阵冷风裹着雪花灌进了酒吧。随着

邓布利多之谜

一阵说话声和跺脚声,邓布利多、纽特、忒修斯、拉莉和雅各布走了进来。

纽 特

邦迪!你也在啊!

邦 迪

是的。

纽 特

它怎么样?

邦 迪

一切都好。

纽特蹲下身子,一只嗅嗅朝他跑来。

纽 特

阿尔菲又干什么了?
你最近没有再去咬蒂莫西
的屁股吧?

邓布利多

布罗德克女士。我弟弟招待得
应该还算周到吧?

邦 迪

是的。特别热情周到。

邓布利多看了一眼弟弟。

邓布利多
很高兴你这么说。对了，
已经给诸位在村子里安排好了
住处，我弟弟阿不福思会给大家准备
美味的晚餐。他自创的食谱。

镜头切换至：

65 内景。猪头酒吧——稍后——夜晚

扑通！——阿不福思手里端着油腻的锅，用勺子舀起黏稠的、灰乎乎的炖菜，放进坐在长桌旁的那群人面前的破碗里。

阿不福思
不够的话，这边还有。

其他人厌恶地盯着自己的碗，阿不福思走上楼梯。

邦迪
谢谢你！谢谢。

阿不福思停住脚步，瞪着下面笑盈盈的邦迪，短促地点了点头，继续上楼。

忒修斯
不可思议……从没吃过

邓布利多之谜

看着这么恶心却这么
好吃的东西。

麒麟高兴地咩咩直叫。其他人都用勺子吃了起来。

雅各布

这个小家伙是谁……
安静点儿好吗?

纽特看着雅各布用自己碗里的炖菜逗弄麒麟。

纽特

它是只麒麟,雅各布。十分罕见的
物种。魔法世界最受喜爱的
神奇动物之一。

雅各布

为什么?

纽特

因为它能看透你的灵魂。

雅各布

开玩笑的吧。

纽特

(摇头)

不,倘若你为人善良,而且值得信赖,

它能看到。与此同时，
如果你残酷，而且虚伪狡诈，
它也能看出来。

雅各布

是吗？它是直接告诉你
还是……？

纽特

它不会用嘴说——

拉莉

它用鞠躬表达。它只会在真正内心
纯良的人面前鞠躬。

雅各布看着拉莉，听得出神。

拉莉（续）

当然，大多数人都达不到
标准。无论我们有多一心向善。
许多许多年以前，曾经有一段
时间，是由麒麟为我们选
领导者的。

雅各布拿起他的碗，走到麒麟的牛奶盘前。麒麟绕着他跳舞。雅各布舀了一些炖菜，放进麒麟的盘子里。

纽特从镜子里看到这一幕，感到欣喜，露出了微笑。他的目光转到

邓布利多之谜

镜面上,上面出现了一个个单词:

我想回家。

66 内景。楼上的房间——猪头酒吧——稍后——夜晚

房间里,邓布利多和阿不福思面对面站着,声音压得很低,但两人的姿势显示他们的讨论很激烈。

邓布利多
跟我去吧。我会帮你的。他是你的儿子,
阿不福思。他需要你。

我们看到的是纽特的视角。他正要转身离开,突然注意到阿不福思手里拿着什么东西:一根沾着灰烬的羽毛,阿不福思触摸羽毛的手指被染黑了。是凤凰的羽毛。

纽特敲门……

邓布利多(续)
纽特。

阿不福思一言不发地与纽特擦身而过,手里仍攥着那根羽毛。

邓布利多(续)
(对纽特)
进来吧。

神奇动物

纽特走了进去。

纽特
阿不思。楼下的镜子上，
出现了一行字。

邓布利多
把门关上。

纽特关上了门，又转向邓布利多。

邓布利多（续）
那是克莱登斯写的，纽特。
我弟弟爱上了一个姑娘。
戈德里克山谷人。她最终被驱逐。
那时就有传言说她生了孩子。

纽特
克莱登斯？

邓布利多
他姓邓布利多。倘若我待他
好一点……或者做一个更加
称职的哥哥，他也许就会
对我倾诉。情况也许就会不同。
而那个孩子，就可能留下来，
成为我们的家人。

（停顿）

邓布利多之谜

克莱登斯没救了,我想你也
知道这一点。但他或许还可以
拯救我们。

纽特做出反应时,邓布利多举起一只手,手指上沾着黑灰。

邓布利多(续)
凤凰灰烬。那只鸟在他身边,
是因为他要死了,纽特。
我了解这些迹象。
(看了一眼镜头外的纽特)
要知道,我妹妹也是一个默然者。

纽特盯着邓布利多。惊呆了。

邓布利多(续)
和克莱登斯一样,她也没学会
控制魔法,后来那股力量黑化,
并开始毒害她。

邓布利多看着画像。

邓布利多(续)
最痛心的是,我们都无法
缓解她的痛苦。

纽特
能告诉我她是怎么……她是

THE DUMBLEDORE FAMILY TREE

The Dumbledores originally lived in Mould-on-the-Wold, but moved to Godric's Hollow after Percival Dumbledore was sent to Azkaban for attacking Muggles he did not inform the authorities that his actions were in retaliation for the Muggles' traumatising attack on his daughter Ariana. The Dumbledores were the subject of much gossip, since Ariana was rarely seen, and a fist fight broke out at her funeral between her older brothers.

Percival Dumbledore
ɪᴠɪɪɪɪxʟɪ

Kendra (Dumbledore)
ɪᴠɪɪɪᴠx - ɪᴠɪɪɪɪxɪx

Albus Dumbledore
ɪᴠɪɪɪᴠɪɪɪɪ

Aberforth Dumbledore
ɪᴠɪɪɪᴠɪɪɪ

Ariana Dumbledore
ɪᴠɪɪɪᴠɪᴠ - ɪᴠɪɪɪɪxɪx

The Dumbledores Nullam lobortis ullamcorper purus eget semper purus dignissim quis Proin et tortor nisl. Sed nec massa volutpat diam tempus hendrerit. Donec vitae nisl ligula. Curabitur sit amet lacus lacinia ultrices tortor. Sed feugiat consectetur ultrices. Aenean nibh massa ultricies id odio sit amet placerat tristique est. Cras tincidunt sit amet nibh sit amet consequat. Pellentesque sollicitudin dignissim lacus sed sagittis est molestie vel. Sed sodales convallis neque, vitae molestie mi feugiat venenatis. Ut id aliquet erat a aliquet tortor.

Mauris accumsan ligula sit amet eleifend suscipit diam lacus tempus enim. nec luctus dolor velit sit amet lacus. Sed in pellentesque dui. Praesent lacus tellus, semper non lacus at dictum condimentum massa. The Dumbledores venenatis sem a bibendum eleifend lacus metus commodo erat, ut con- sequat odio lorem nec nisl. Proin vitae volutpat felis. Nulla et dolor consequat est iaculis viverra vel sit amet tortor. Nam metus justo, semper sed consectetur at, convallis at The Dumbledores nisl. Duis in odio sagittis vestibulum odio ut ullamcorper ante. Nullam in rutrum risus et ullamcorper quam. Vestibulum sit amet egestas elit a mattis quam.

The Dumbledores vehicula elementum Donec feugiat justo ac tempor scelerisque. Proin tincidunt et ipsum non lacinia. Suspendisse venenatis libero quis efficitur placerat velit ipsum convallis velit quis egestas felis erat eu justo The Dumbledores Vestibulum at finibus nunc. Nam sed facilisis dui, vel dictum ipsum. Curabitur nec fermentum sapien. Phasellus tortor The Dumbledores leo facilisis quis eros in, interdum placerat tortor. Duis in odio sagittis vestibulum odio ut ullamcorper ante. Nullam in rutrum risus et ullamcorper quam ed facilisis dui.

（上）邓布利多家族饰章

（左）邓布利多家谱

神奇动物

怎么离去的吗?

邓布利多
盖勒特和我计划好了要
一起离开。我弟弟他不同意。
一天晚上,他来找我们。
我们大吵起来,互不相让。
阿不福思愚蠢地拔出了他的魔杖。
更加愚蠢的是,我也抽出了魔杖。
盖勒特大笑着。没有人听到
阿利安娜下了楼。

邓布利多盯着画像,眼睛里闪着光。

邓布利多(续)
我也不确定是不是我的咒语。
已经无所谓了。她前一秒还在那儿,
后一秒就不在了……

他的声音低了下去。

纽特
我很抱歉,阿不思。但从另一个
角度来说,或许这样省去了她
许多痛苦——

邓布利多
够了。不要让我失望,纽特。

邓布利多之谜

尤其是你。你的诚恳是一份礼赠,
即使有时它会让人痛苦。

纽特打量着邓布利多,邓布利多又一次把目光转向画像。

邓布利多(续)
楼下的朋友们一定很累了,
都想早些休息。你也去吧。

纽特准备离开,却在门前停住了脚步。

纽特
阿不思。拉莉曾经说过一段话。
她说,大多数人最终都是
不完美的。但即使我们犯了错,
无论多大的错,我们还是可以
尝试纠正。这才是最重要的。
尝试。

邓布利多没有转身,只是盯着画像。

67 外景。纽蒙迦德城堡——傍晚

镜头在城堡上方蓝灰色的天空里盘旋。远处可见一群穿黑衣服的身影聚集在一起。格林德沃和克莱登斯朝城堡走去时,那些身影散开了。格林德沃走到门口,转过身来审视着他们。

神奇动物

格林德沃
属于我们的时刻就快到了,
兄弟姐妹们。不必再躲躲藏藏。
这世界,将听到我们的呼声。

震耳欲聋的呼声。

人群中响起一阵高呼。格林德沃微微一笑,然后眼睛盯住了卡玛,卡玛在欢呼的巫粹党们前面独自伫立着,他似乎既是人群的一部分,又是单独的一人。格林德沃走向他,然后,用双手捧住了他的脸,这令卡玛大为惊讶。

格林德沃(续)
你不是为了背叛邓布利多而来。
你心中流淌着纯正巫师的血脉,
你属于这里。信任我就等于信任
你自己。

他继续深深地凝视卡玛的眼睛,然后带着他走进下面的人群,把他轻轻推进了集结的队伍。

格林德沃(续)
证明你的忠心,卡玛先生。

然后格林德沃放开他,转身走向城堡。

在历史上，巫师没有得到人们的善待。而且——我且说说我对格林德沃背景故事的一些看法——我感觉他似乎在很小的时候经历了某些不可原谅，甚至是极其残忍的事情，从那时起他就开始憎恨麻瓜。这种恨意越来越强烈，使他日益坚信麻瓜没有任何可取之处。

——麦斯·米科尔森
（盖勒特·格林德沃）

神奇动物

68　内景。地下室——纽蒙迦德——稍后——傍晚

镜头推近——那只死去的麒麟。

软塌塌的麒麟脑袋垂向一边，露出了喉咙上的伤口。

……水下，镜头透过奇异的、起伏不定的水面往上移动。一切都像梦中一样寂静诡异，然后一个身影出现了——在水中模糊不清——怀里抱着什么东西。这个身影把双手浸入水中，死麒麟的脸转向镜头。血从它喉咙的伤口渗出。

新的角度——格林德沃

他站在齐腰深的水池里，衬衫袖子卷过肘部，在水下抱着麒麟，用听不清的声音喃喃着。他等待水面平静后，低声说道：

格林德沃

　　快快复苏……

克莱登斯、沃格尔和罗齐尔在暗处注视着。

格林德沃十分轻柔地，用手指拂过麒麟被割开的喉咙，修复那里的伤口。气泡从水池里升腾。麒麟的脑袋升出水面，嘶叫着。格林德沃把它从水里抱出。

格林德沃（续）

　　速速愈合……

邓布利多之谜

伤疤在他的指尖下消失,麒麟把头转向他,一双眼睛仍然空洞怪异,但其他方面看上去健康完好。

格林德沃微笑着抚摸它。

     格林德沃(续)
  好了,好了,好了,乖……
     (没有转头)
  过来,看。

沃格尔眼睛看向别处,站着没动,但克莱登斯离开暗处,走向水池边。

     格林德沃(续)
  这就是我们的特别之处。
  有意隐藏魔力,不仅仅是对我们
  自己身份的极大侮辱,更是罪。

格林德沃把麒麟放在水池边上,它站在那里。克莱登斯打量着刚刚复活的麒麟,被迷住了。格林德沃对克莱登斯的反应很满意,回头看看麒麟……突然他怔住了,脸上的微笑开始动摇。一个苍白的身影,跟他手中的麒麟一模一样,在水流中一晃而过。他的眼神变得凝重。

     格林德沃(续)
  还有另一只吗?

     克莱登斯
  另一只?

神奇动物

格林德沃
那天晚上。还有没有另外一只麒麟?

在阴影中,沃格尔转过身,回头看向水池。格林德沃愤怒地眯起了眼睛。克莱登斯的脸色蜡一般苍白,突然显得十分不安。

克莱登斯
应该没有——

格林德沃闪电般地反应,让水从池中喷涌出来。他把克莱登斯压在墙上,手指掐着他的喉咙和脸。他的眼睛里闪着怒火。

格林德沃
你让我失望两次了!你不明白
这对我是多大的威胁吗?!

在格林德沃的控制下,克莱登斯像个吓坏了的孩子一样一动不动。

格林德沃(续)
最后一次机会。明白了吗?快去找。

69 内景。猪头酒吧——早晨

纽特站在他的手提箱里。

忒修斯抱着麒麟,像抱着一个婴儿。

忒修斯把麒麟交给纽特,兄弟俩像一对溺爱孩子的父母。忒修斯和邦迪在一旁看着纽特轻轻把麒麟放进了他的手提箱。

70 外景。霍格沃茨——同一时间——早晨

薄雾笼罩着寂静的场地。桥和城堡在晨曦中闪着微光。

71 内景。八楼走廊——霍格沃茨——同一时间——早晨

镜头跟着拉莉、纽特、忒修斯和雅各布走向走廊尽头，墙上正显现出一扇华丽的门。

72 内景。有求必应屋——稍后——上午

纽特、忒修斯、拉莉和雅各布突然出现在一个陈设简单的房间里。

雅各布看上去完全一头雾水，他跟着纽特的目光看向房间的另一头，那里有五个箱子——跟纽特的手提箱一模一样——围成一圈。箱子后面是一个巨大而华丽的不丹转经轮，邦迪站在箱子旁边。

     雅各布
  嘿，纽特，这是什么地方？

     纽特
  这是有求必应屋。

邓布利多走进视野。

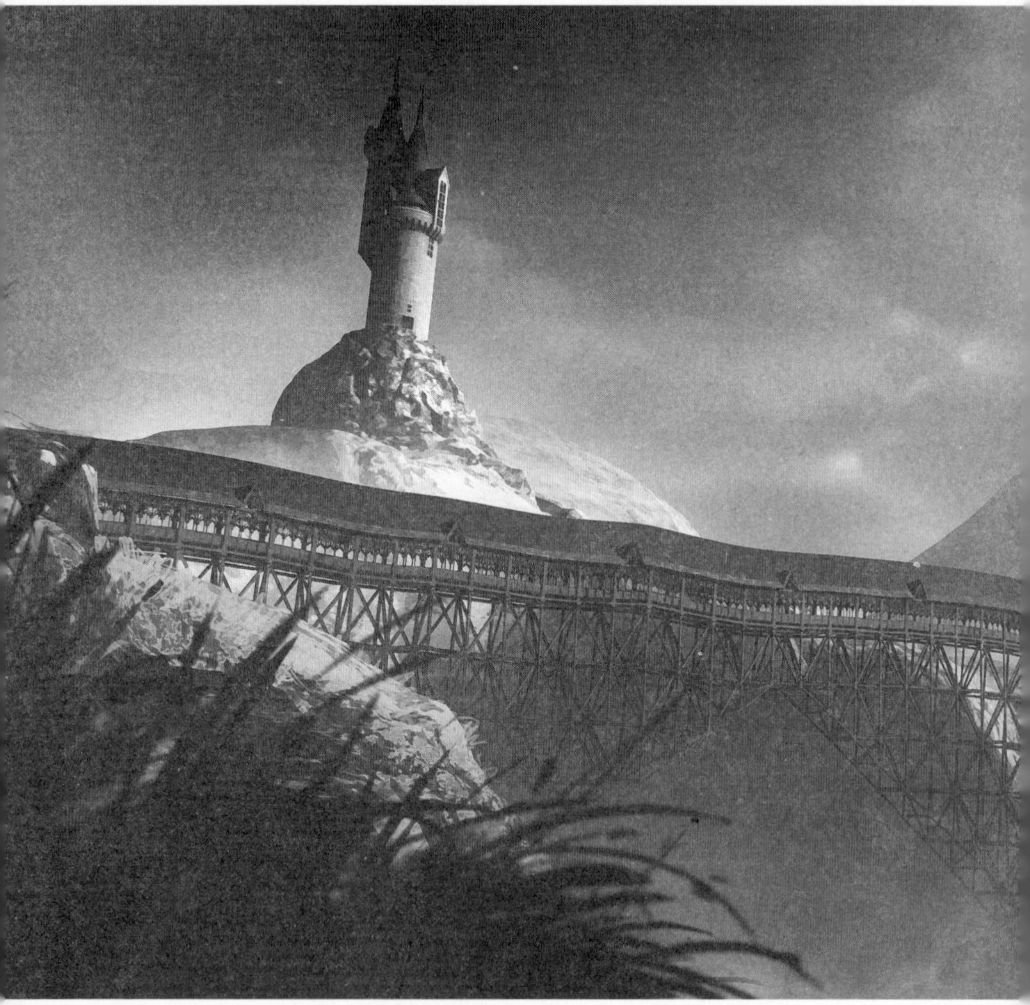

霍格沃茨外景的概念图

神奇动物

邓布利多
邦迪之前发给你们的票,
大家都带好了吧?

大家点点头。雅各布听话地举起他的入场票给大家看。

邓布利多(续)
没有票的话是进不去选举
会场的。

邓布利多的眼睛一转,发现纽特盯着那一圈箱子。

邓布利多(续)
怎么样,纽特?看出哪个是
你的了吗?

纽特又看了看,然后摇摇头。

纽特
没有。

邓布利多
那就好。否则我该担心了。

拉莉
麒麟就在其中一个手提箱里吧?

"麒麟的选择"入场票设计草图

神奇动物

邓布利多

没错。

拉莉

是在哪个里呢?

邓布利多

是啊,哪个呢?

雅各布

跟三卡蒙特游戏一样。

（其他人看着他）

就是猜东西的游戏。就是,
骗人的把戏。

（放弃）

不重要,是麻瓜玩的。

邓布利多

格林德沃一定会倾尽自己的全力
来抢我们手里这个珍稀的小家伙。
因此,此行的重中之重是让他
派出来的所有人都猜不到,
好让麒麟安全地进入到选举会场。
如果下午茶时间,麒麟——
更不用说我们大家——都还活着
的话,那我们的行动就算是
成功了。

邓布利多之谜

邓布利多戴上了帽子,在脖子上围上围巾。

雅各布
顺便说一句,玩三卡蒙特就
从来没死过人。

邓布利多
这个区别很重要。好了,
一人拿一个手提箱,我们上路。
科瓦尔斯基先生,我们两个人
一起先走一步。

雅各布
我?好吧。

雅各布走上前,选了一个箱子,这时邓布利多清了清嗓子,几乎令人察觉不到地摇了摇头。雅各布停下,然后指向另一个,邓布利多点点头,转过身去。

雅各布拿起箱子,点点头。他看了一眼周围。皱起眉头。没有出口。

不丹转经轮在邓布利多面前闪着光。邓布利多伸手碰了碰它,一种美丽的光晕充满了房间。

邓布利多
我十分期待你给我仔细讲讲
三卡蒙特游戏具体是怎么个
玩法。

纽特的箱子及复制品

邓布利多之谜

他望着雅各布,向他伸出一只手。

雅各布
乐意至极。

雅各布握住邓布利多的手,两人一起消失在快速转动的转经轮里。他们消失后,其他人端详着剩下的几个箱子。

邦迪
那么,祝大家都有好运。

纽特走上前,拎起一个箱子。

纽特
大家好运。

拉莉
也祝你好运,邦迪姑娘。

拉莉走上前,拎起另一个箱子,消失了。

忒修斯
回见,邦迪。

忒修斯走上前,拎起另一个箱子,也消失在转经轮里。

邦迪深吸了一口气,然后拎起最后一个箱子。她走向转经轮,消失了。

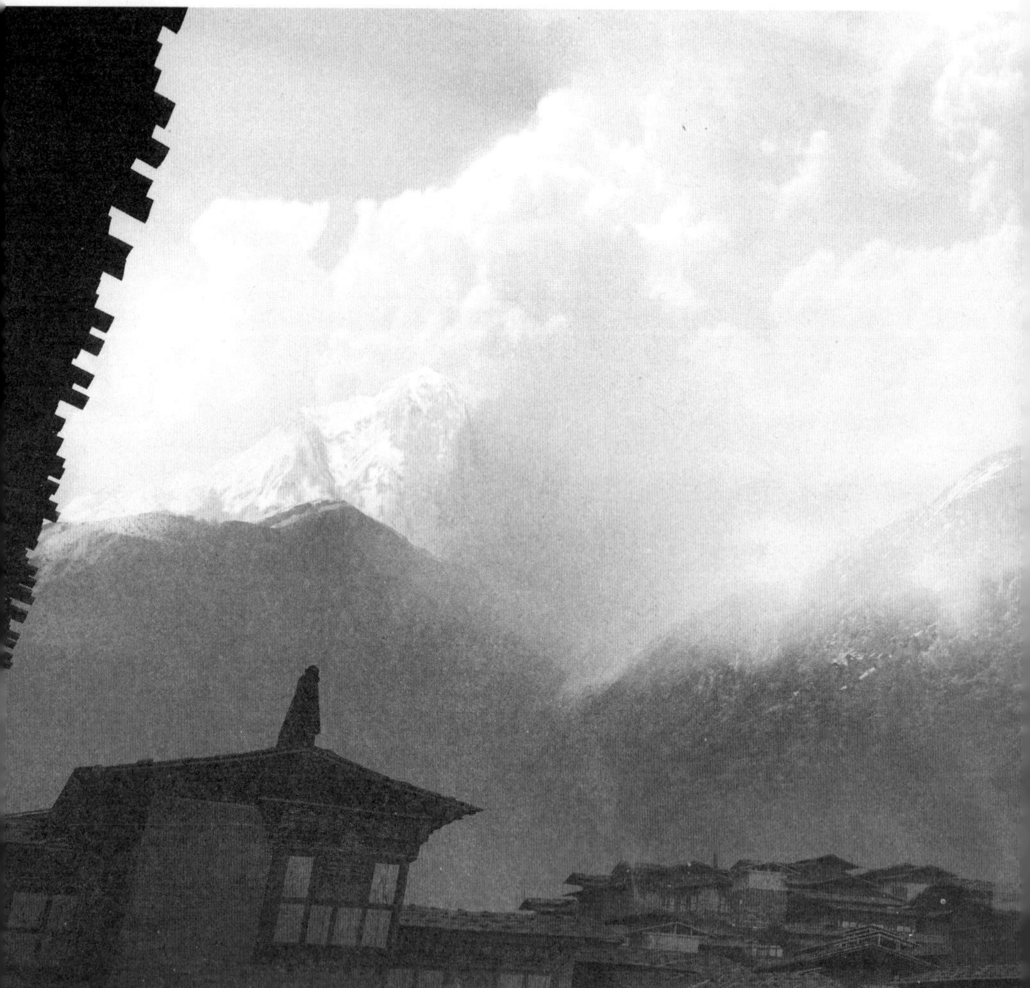

空中城堡的场景概念图

（上）黄油啤酒商标和专门设计的字体
（右）"麒麟的选择"仪式条幅

MAGISTERIAL CHAMBER OF ANCIENT WIZARDRY

THE WALK OF THE QILIN

神奇动物

73 外景。空中城堡的脚下——不丹——白天

远处青山耸立,山顶上几乎与天空相接的地方,空中城堡隐约可见。

一组巨大的台阶通向上面的天空,一群人聚集在台阶底部,台阶顶部可见雄伟壮丽的空中城堡。一个身影走近台阶下的镀金笼门。

沃格尔
我们作为领导层并没有忘记,
眼下我们正处于一个四分五裂
的世界。每天都会有人谈起新的
阴谋论。

沃格尔的讲话投射在全世界的魔法部里。

沃格尔(续)
每小时都会有负面的谣传。
而近几天随着我们第三位候选人
的出现,这些谣传已然愈演愈烈。
要消除这些疑虑,让结果服众,
唯一的方法就是,证明
眼前这三个候选人中
有真正的贤能之人。

沃格尔走进镀金笼门,出来时怀里抱着一样东西。他回到自己的位置上,慢慢地露出怀里的东西,众人明显倒吸了一口气。

一只麒麟。

邓布利多之谜

沃格尔（续）
就算学校里的孩子都十分清楚：麒麟乃是这神奇的魔法世界中至纯至净的生物,没有人可以骗过它。

（把麒麟举在面前）
让麒麟带我们团结一心吧!

74 外景。屋顶——不丹——白天

镜头穿过层层的云雾,落到一个村庄和连绵成片的坡形屋顶上,那里出现了一些穿黑衣服的身影。罗齐尔站在一群人前面,赫尔穆特站在另一群人前面。他们扫视着下面的街道,注视着熙熙攘攘的人群,密切搜寻着。

75 外景。街道——不丹——同一时间——白天

雅各布手里拎着箱子,和一群桑托斯的支持者一起往前走,邓布利多跟在旁边。就在他们前方,一面印着桑托斯照片的巨大条幅在风中飘扬,在支撑条幅的杆子上扭动,支持者们浩浩荡荡走向城外的群山。

就在这时,邓布利多的目光落在一群紧跟在后面的黑衣傲罗身上,他拉着雅各布躲避,拐进了一条小巷。他们幻影显形,从追踪者身后的一个门里走出来,甩开了他们。

邓布利多
来。

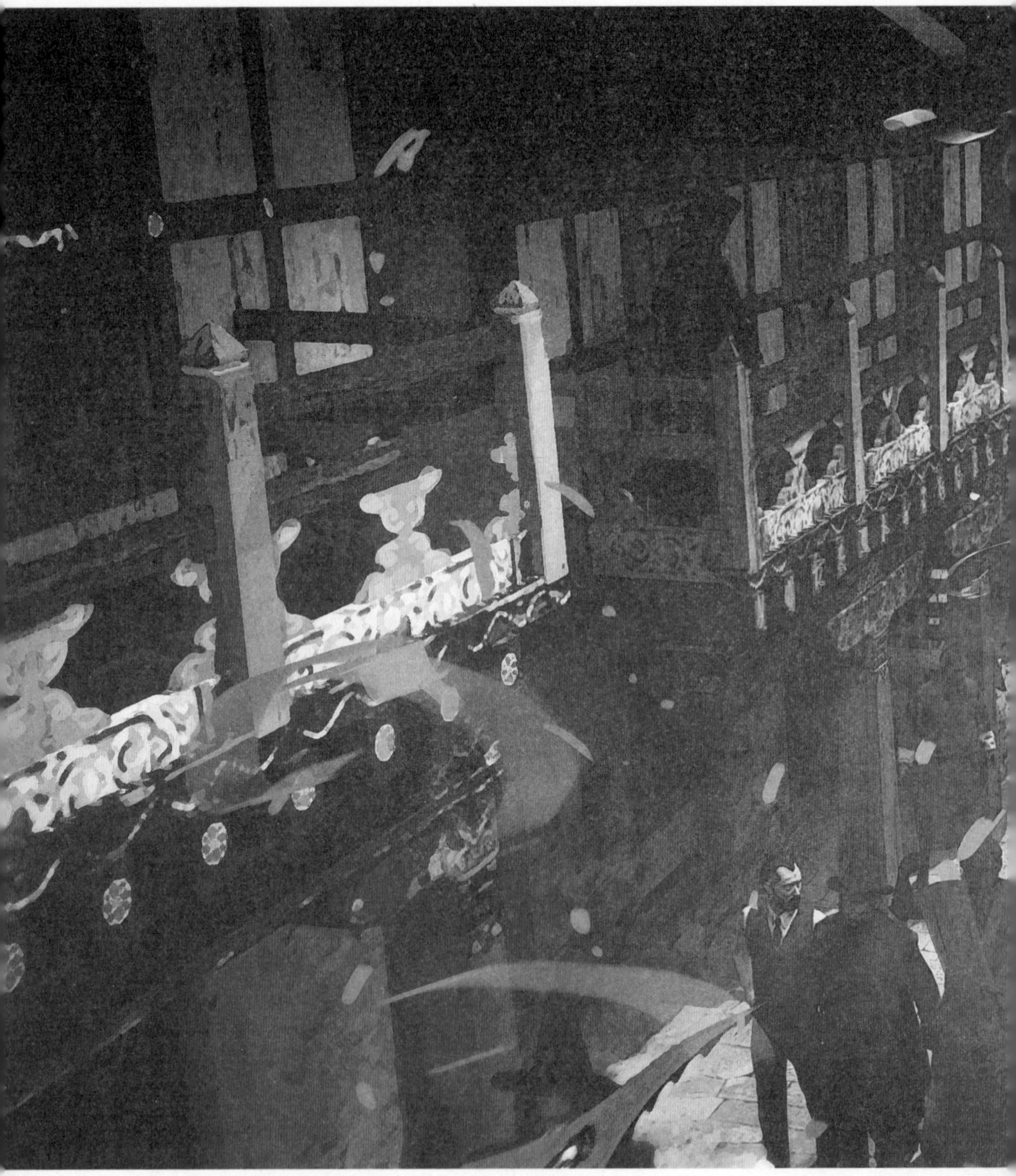

不丹的场景概念图

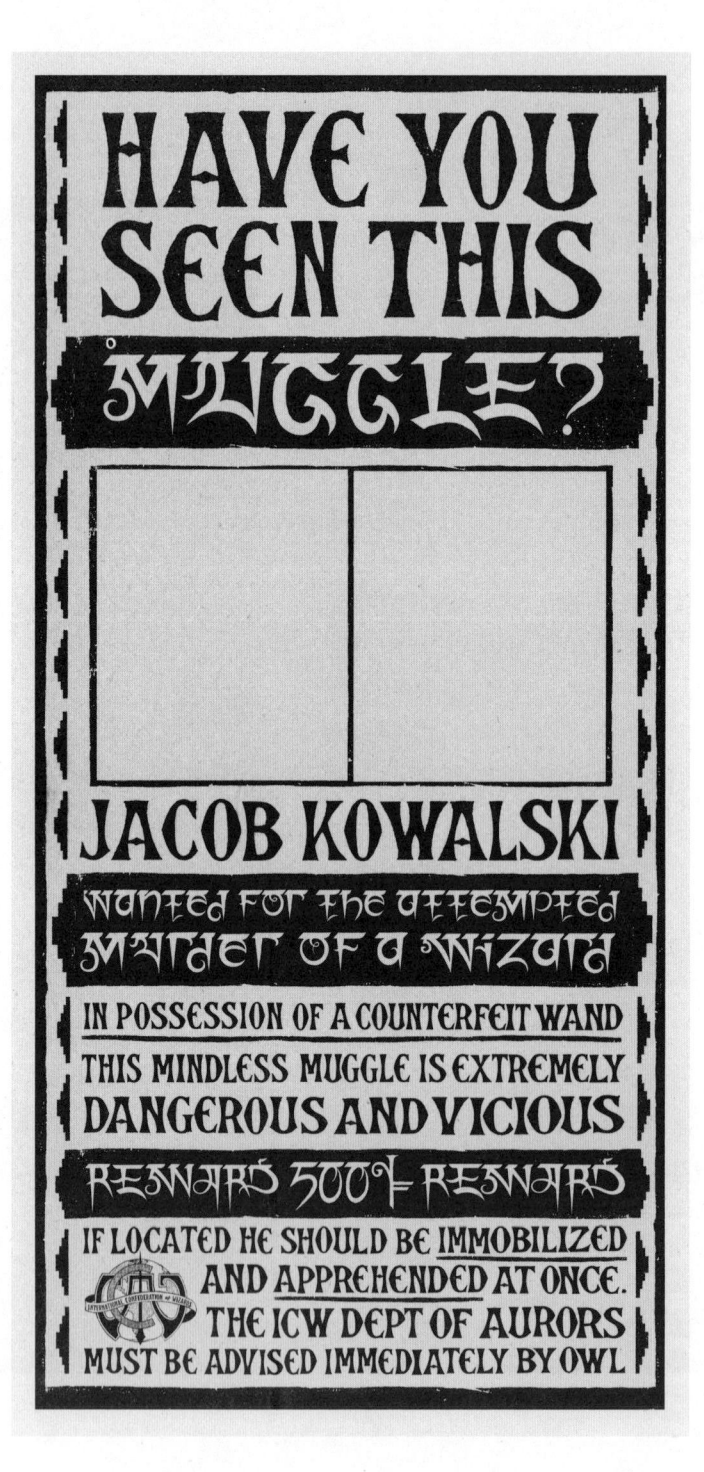

HAVE YOU SEEN THIS MUGGLE?

JACOB KOWALSKI

WANTED FOR THE ATTEMPTED MURDER OF A WIZARD

IN POSSESSION OF A COUNTERFEIT WAND
THIS MINDLESS MUGGLE IS EXTREMELY
DANGEROUS AND VICIOUS

REWARD 500 REWARD

IF LOCATED HE SHOULD BE IMMOBILIZED AND APPREHENDED AT ONCE. THE ICW DEPT OF AURORS MUST BE ADVISED IMMEDIATELY BY OWL

通缉令前期设计图
空白处预留给雅各布·科瓦尔斯基的活动照片

邓布利多之谜

雅各布
接下来去哪儿?

邓布利多
咱们要在这里暂别了。

雅各布
等、等一下,你说什么,暂别?

邓布利多解下围巾。

邓布利多
我得去见另一个人,科瓦尔斯基先生。
不用担心。你不会有事的。

邓布利多把围巾抛出去。围巾在空中飘动时,变成了一幅帘子。邓布利多又转向雅各布。

邓布利多(续)
麒麟不在你这里。一旦发现情况
不妙,你可以扔了箱子就跑。
(停了停)
还有件事,说了你不要介意。
不要再怀疑自己了。
你拥有的东西很多人
一生都不曾拥有。
知道是什么吗?

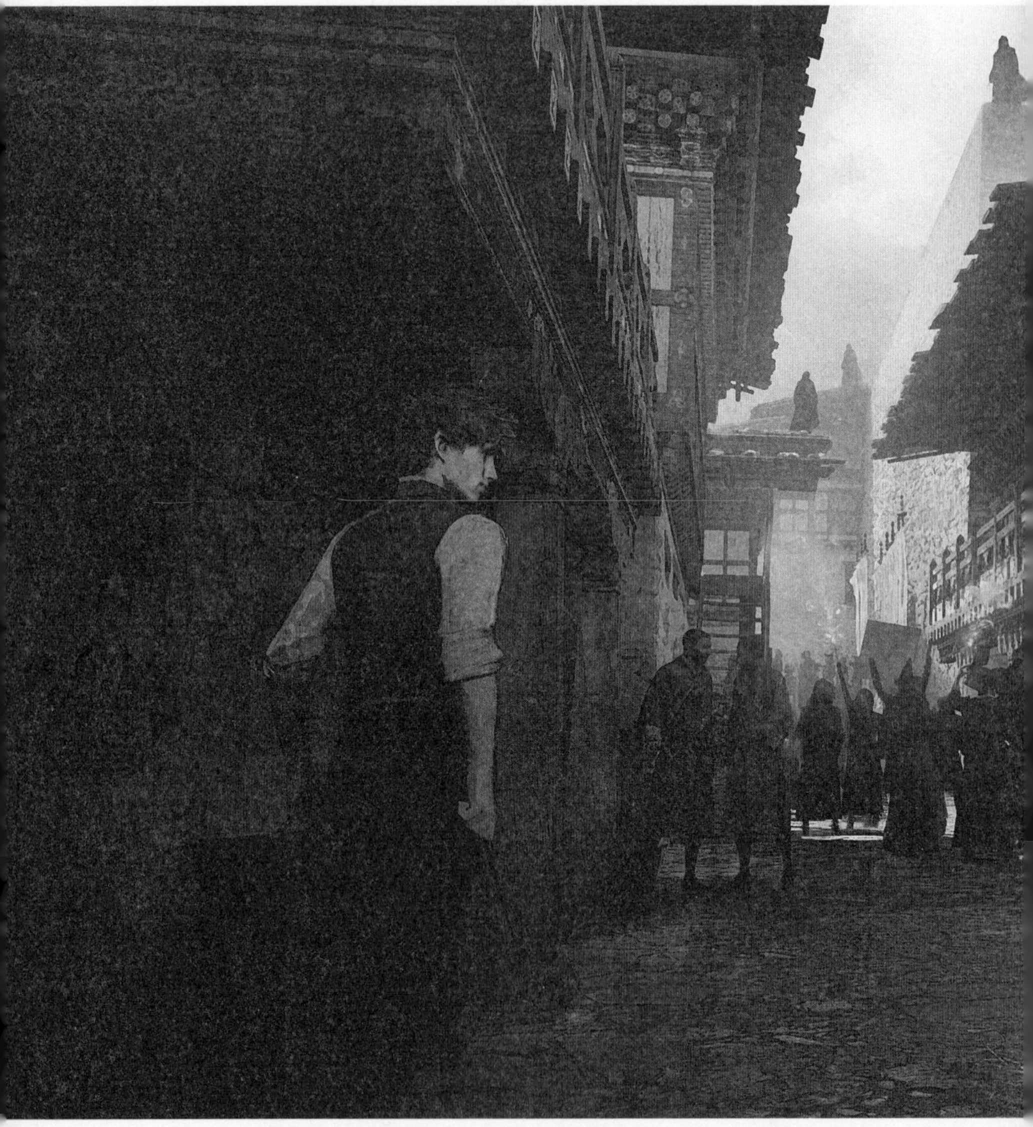

不丹的场景概念图

神奇动物

雅各布摇了摇头。

邓布利多（续）
一颗充实的心。只有真正勇敢的人，才能诚挚而毫不设防地像你这样敞开心扉。

说完，邓布利多抬了抬帽子，离开了。

76 外景。街道——不丹——同一时间——白天

纽特走得很快，尽量不引人注意。他感觉到了什么，停住脚步。转身。

没有人。

77 外景。狭窄的街道——不丹——同一时间——白天

忒修斯小心翼翼地往前走，手里紧紧抓着箱子。

78 外景。狭窄的街道——不丹——同一时间——白天

纽特继续在村子里穿行。一个穿绿袍的身影出现在画面中。

79 外景。街道——不丹——同一时间——白天

镜头跟着一个手提箱，是拉莉的，她走得很快。她瞥了一眼前面，看见了傲罗。她拐进一条小巷，然后就消失了。

邓布利多之谜

80 外景。街道——不丹——同一时间——白天

忒修斯小心翼翼地走在一条狭窄的通道里。上方的屋顶上可以看到有人影在移动。他看到前面有两个傲罗，拿出了自己的魔杖。

81 外景。小巷——不丹——同一时间——白天

拉莉快速移动，她扭头一看……

82 外景。交叉路口——小巷——不丹——同一时间——白天

……她与忒修斯在两条街的交会处相遇。两人猛地转身，举起魔杖……然后认出了对方。接着，他们同时警惕地四处张望。周围到处都是黑衣傲罗。

拉莉和忒修斯几经辗转，抵挡和抗击来自四面八方的黑衣傲罗，他们一边往台阶上后退，一边射出一连串破解咒。

拉莉击昏了三个黑衣傲罗，忒修斯击昏了六个。拉莉对十几个水晶球使用飘浮咒，它们瀑布一样砸向傲罗。忒修斯击昏了露台上的一个傲罗。拉莉转过身，用衣物裹住一个傲罗，然后将另一个射到墙面里，墙面里的傲罗像被困在画像里一样。

傲罗们在他们面前的地上趴成一片。然而他们的胜利很短暂。两支魔杖出现了，从后面指向他们的脖子。

赫尔穆特
手提箱，交出来。

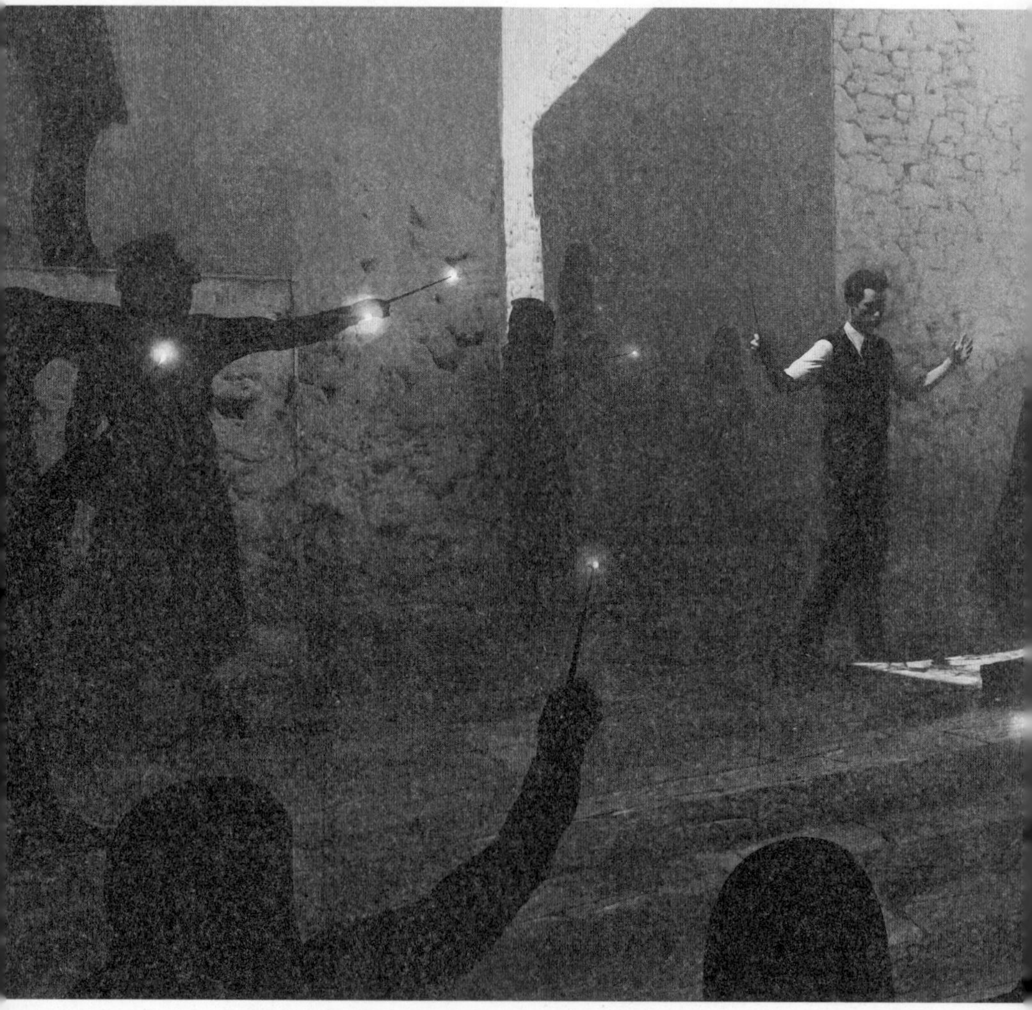

不丹的场景概念图

神奇动物

赫尔穆特站在他们身后,旁边跟着两个傲罗。

83 外景。小巷／石头台阶——不丹——同一时间——白天

纽特拐过一个弯,远远地看见两个傲罗在前面出现。

傲罗的后面,他还看见了另一个人。

雅各布
嘿,伙计们……

傲罗们转过身,砰,雅各布一挥箱子,把两个傲罗打得原地转圈,然后他就跑得没影了。两个傲罗缓过神来,追了过去。

84 外景。狭窄的小巷,通往山上——同一时间——白天

雅各布跌跌撞撞地拐了个弯,冲上几级狭窄、陡峭的台阶。片刻之后,追赶他的人出现了,他们停下来,盯着上面看。

没有人。

只有雅各布的箱子。

85 外景。后街——不丹——同一时间——白天

赫尔穆特及其手下拿过拉莉和忒修斯的箱子,放在地上。一个黑衣傲罗用魔杖瞄准。赫尔穆特举起一只手。

邓布利多之谜

赫尔穆特
等等。先打开确认在不在。
蠢货。

困在墙里的傲罗用拳头砸着墙面想要挣脱。赫尔穆特叹了口气,举起魔杖解救了他,傲罗砰的一声倒地,趴在地上。

拉莉和忒修斯看了看箱子。

86 外景。后街——不丹——同一时间——白天

追赶雅各布的其中一人迟疑地走向被丢弃的箱子。

在拉莉和忒修斯的注视下,赫尔穆特手下的两个黑衣傲罗跪在箱子旁边。

砰!雅各布的箱子猛地弹开,里面是……波兰糕点。

拉莉和忒修斯的箱子被打开,里面分别是书和金色飞贼。

雅各布箱子边的黑衣傲罗拿起一个波兰甜甜圈查看着。

金色飞贼嗖嗖地飞到空中,赫尔穆特注视着它飞过周围的屋顶,这时:

呼!

书从拉莉的箱子里喷出来,吞没了那些黑衣傲罗,纸的风暴把他们

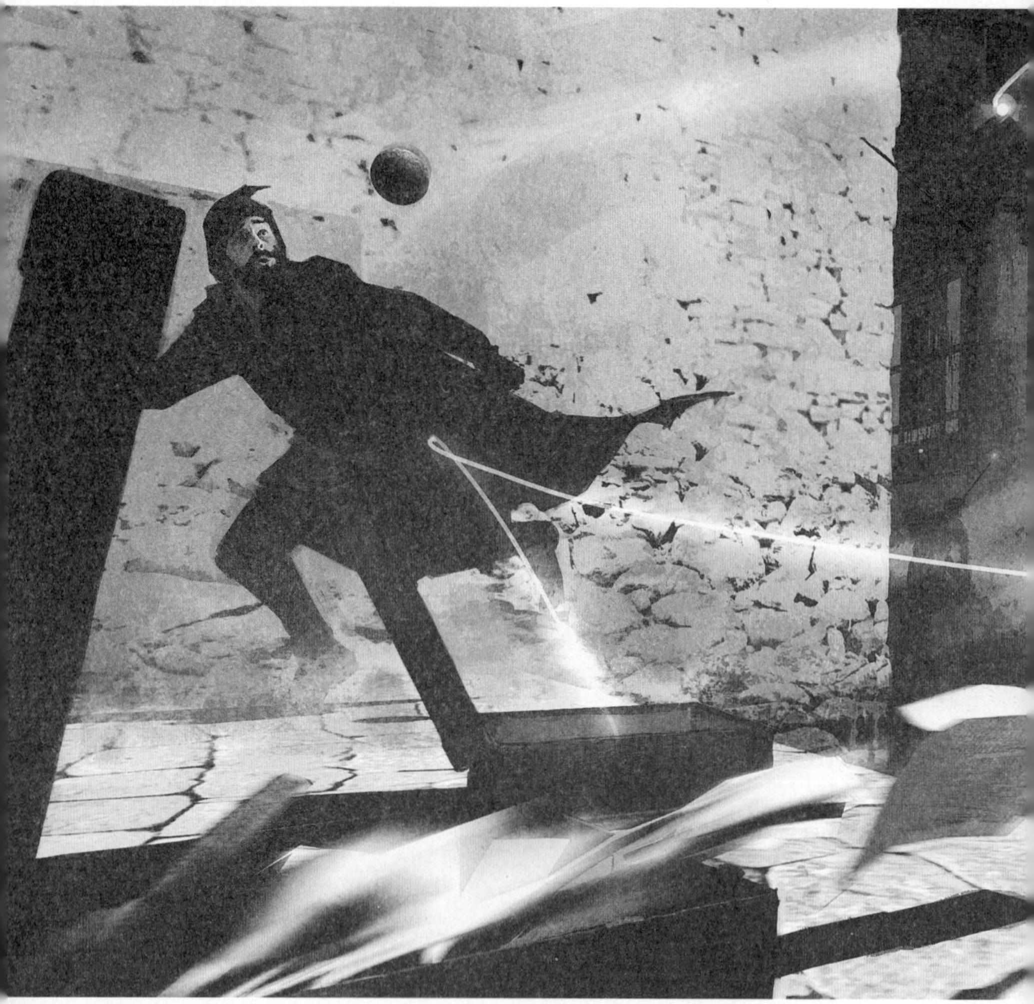

不丹的场景概念图

裹成了木乃伊。

雅各布的箱子喷出成千上万的糕点，瀑布一般的糕点将两个黑衣傲罗扫下了陡峭的台阶，不知所踪。

《妖怪们的妖怪书》展开攻击，游走球从忒修斯的箱子里飞出来，射向巷子里和屋顶上的黑衣傲罗。

赫尔穆特愤怒地把一张纸从脸上扯下，却发现拉莉和忒修斯已经趁乱逃走了。

87 外景。街道／小巷——不丹——同一时间——白天

邓布利多迅速移动，看了一眼附近的屋顶，游走球像雨点一样砸得那些傲罗东倒西歪。一只金色飞贼嗖嗖地向下朝他飞来，他在空中把它接住，放进了口袋。突然，一个身影从一条小巷里出来，与他并肩而行。

是阿不福思，他步履不停。

阿不福思
他还能撑多久？

凤凰的影子从空中……

88 外景。街道——不丹——白天

……飞过下面潮水般的人群。

邓布利多之谜

新的角度——街面上

克莱登斯脸色更加苍白,他跌跌撞撞地走在热情高涨的刘洮支持者的队伍中。他痛苦而虚弱,停了下来,靠在一根柱子上,然后又勉强继续往前走。

89 外景。通往山上的窄巷——不丹——白天

雅各布手里的箱子没有了,他空着手走在狭窄的小巷里。他来到一条街上,与一个穿绿袍的身影擦肩而过,这时另一个身影冲进来,紧紧抓住他的手……

……把他拖进一条远离主街的边巷。

奎妮
这里。你很危险,知道吗?
你得快走。

雅各布
那……

雅各布想要说话,奎妮用手指堵住他的嘴。

奎妮
我不能,我不能走。懂吗?我不能回家。
对我来说太晚了。我犯的一些错误,大得无法弥补。

雅各布拿开她的手。

神奇动物

雅各布
听我说好吗——

奎妮
没时间了！有人跟踪我。
我甩掉了他们，但他们
很快就会找到我。
他们会发现……
　　　　　（声音哽咽）
……我们。

雅各布
我不在乎。你是我的一切。没有你，
我的人生毫无意义。

奎妮
雅各布，什么，拜托！
我已经不爱你了。你快走吧。

雅各布
你最不会撒谎了，
奎妮·戈德斯坦。

就在这时，教堂的钟声轻轻地敲响了。

雅各布（续）
听到了吗？那是个预兆。太好了。

邓布利多之谜

她停下来,瞪着他。他深深地凝视她。

雅各布把奎妮的手握在自己手里,拥她入怀。

雅各布(续)
拜托,来,过来。闭上眼睛。
拜托,闭上眼睛。知道邓布利多
说什么吗?他说我有一颗
充实的心……他错了,我的心
永远都会给你留出位置。

奎妮
是吗。

雅各布
看着我。奎妮·戈德斯坦……

一滴眼泪顺着她的脸颊流下来,两人都抬起头,看到有人影在逼近。

90 外景。天桥——不丹——同一时间——白天

纽特看到桑托斯的支持者们跨过一座升入云霄的天桥,他们走到中间就从传送门里消失了。他把箱子抓紧,往前走,混进了人群当中。

从这个位置望过去,大山巍然耸立,山顶上笼罩着厚厚的云团。

他走到天桥上时,朝传送门走去。他穿过传送门,嗖的一下消失了。

> 像罗琳笔下的许多角色一样，克莱登斯渴望得到归属感。然而他内心并不觉得自己属于格林德沃。而且他奄奄一息——默默然对他的影响似乎越来越严重了。因此，他在面对死亡的同时，还需要弄清自己在人生这个阶段的归宿。

——大卫·海曼

（制片人）

邓布利多之谜

91 外景。空中城堡的底部——不丹——白天

在空中城堡的底部,可见巨大的台阶升入云霄,通向山顶的空中城堡。镜头向下,出现了纽特,他果断地迈着大步,朝台阶的方向走去。

就在正前方,有一个单独的身影——费歇尔——站在那里,一动不动。她转身,眼睛盯着纽特。她的站姿似乎透着一丝不祥。

纽特想绕道而行,可是上山只有一条路,这时……

费歇尔
斯卡曼德先生。我们还没有正式
打过照面。我叫亨丽埃塔·费歇尔。
沃格尔先生的随员。

纽特
好的——你好——

她向头顶上的云团点点头。

费歇尔
我可以带你上去。高级委员会的
成员有一个独立入口。
你只需要跟我走……

纽特没有动,怀疑地打量着她。

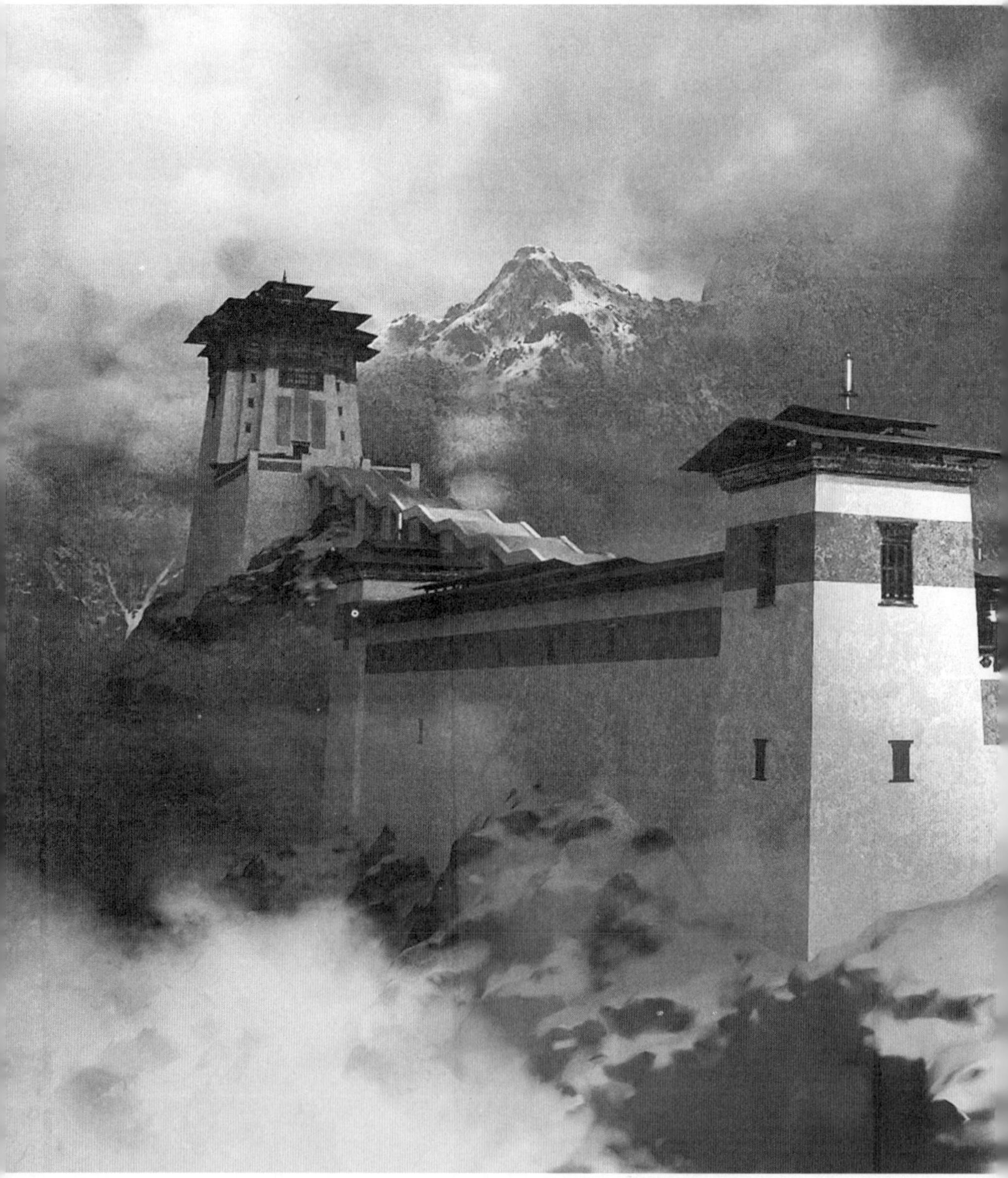

空中城堡的场景概念图

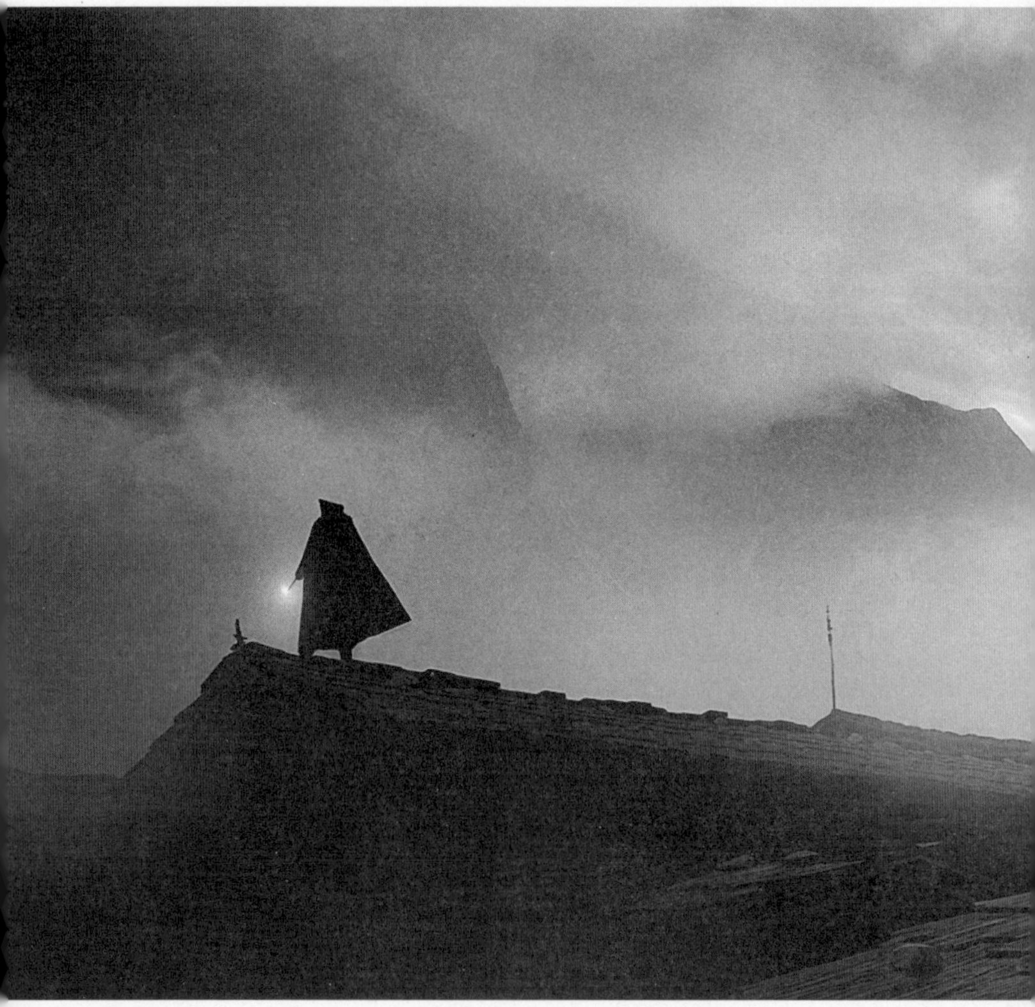

不丹的场景概念图

神奇动物

纽特
不好意思,你为什么这么做?
带我上去?

费歇尔
难道还不明显吗?

纽特
不,坦白说,不明显。

费歇尔
邓布利多派我来的。
(示意箱子)
我知道你手提箱里有什么,
斯卡曼德先生。

费歇尔眯起眼睛,这时一群热情高涨的桑托斯、刘和格林德沃的支持者涌进了画面。费歇尔的手像蛇一样迅速抓住了纽特拎着箱子的手。他们四目相对,纽特想把箱子夺回来,这时大批人群汇集,把他们裹挟而去。他们被带到下面的广场中央,继续争夺着箱子,周围是喜悦的面孔和欢呼的声音。

嗖——一道火光一闪,击中了纽特的耳后。他摔倒在地。沙比尼出现了。他站在人群里,低头看着纽特,手里的魔杖冒着烟。费歇尔笑着转过身去,拿走了纽特的箱子。

邓布利多之谜

92 外景。天桥——不丹——同一时间

忒修斯紧张地踱步，拉莉站在旁边。天桥上几乎已经没有人了。号角在城市上空响起，像在发出召唤。

拉莉
他应该很快就到了。

就在正前方，出现了卡玛和一群黑衣傲罗，直朝他们逼来。黑衣傲罗举起魔杖。卡玛从傲罗们中间穿过。

卡玛突然蹲下，把魔杖插入地里，释放出一股魔力，击中了那些傲罗，他们立刻被震昏了。

忒修斯
怎么才来？

忒修斯、拉莉和卡玛走到天桥上，忽地消失了。

93 外景。空中城堡的底部——不丹——白天

镜头转到纽特，他焦急地环顾四周，被人群不断冲击着……

他看见费歇尔在他前面往上走。

在支持者和选民的上方，是一面面悬空竖立的条幅，像银幕一样反映着选举仪式，纽特抬头盯着条幅——沃格尔在帘幕上出现了。

神奇动物

沃格尔
感谢几位候选人的精彩讲话。

94 外景。空中城堡——不丹——续前——白天

刘、桑托斯和格林德沃并排站着。

沃格尔
每一位所发表的精彩演讲,
都代表了自己对于如何塑造
我们的魔法世界,以及非魔法世界
的看法。而接下来,就是本次仪式中
最重要的一个环节。麒麟的选择。

一只麒麟被带了上来。

镜头转至:

95 外景。空中城堡——不丹——同一时间——白天

纽特来到了通往空中城堡的巨大台阶上,看到前面有个小小的身影,手里拎着他的箱子——是费歇尔。

他脚步很重地走上台阶,眼睛看着远处的条幅。麒麟被放在格林德沃、刘和桑托斯面前。

镜头快速切换到世界各地,切换到正在观看仪式的欧洲及其他地方魔法部的显要人物。

邓布利多之谜

帘幕上，麒麟犹疑不决地往前走——朝几位候选人移动。麒麟走到格林德沃面前时，刘和桑托斯交换了一个眼神。

纽特向费歇尔冲去，费歇尔只是转过身看着纽特，没有动。

麒麟来到格林德沃面前，抬头看着他。

费歇尔把箱子递出来。纽特打量着她，对她的举动感到困惑，然后伸出手去。他的手指刚碰到箱子，箱子就化为了尘土。他惊恐地注视着尘土落在地上消失。他再次看着费歇尔，费歇尔继续微笑。

尘土散去，条幅上显示出格林德沃和麒麟的身影。

格林德沃面前的麒麟冲他鞠躬。一时间，良久的沉默。

沃格尔
麒麟做出了选择。它看到了纯善和力量，这都是指引我们前进的领导者必不可缺的品质。诸位的选择呢？

聚集的巫师们都把魔杖举到空中。咒语纷纷炸响。刘、桑托斯和格林德沃的三种颜色射向空中，然后都变成一种——格林德沃的绿色。

纽特站在那里目瞪口呆。

格林德沃享受大家的追捧。

神奇动物

沃格尔（续）
盖勒特·格林德沃是我们魔法世界
的新领袖。

在人群的欢呼声中，纽特两边的巫粹党把他推上了台阶。格林德沃朝罗齐尔点点头，罗齐尔把奎妮和雅各布带上前来。

纽特想要朝奎妮和雅各布挤去，但两个巫粹党拦住了他。

罗齐尔把雅各布拉上前去，把他的蛇木魔杖递给了格林德沃。

格林德沃环视着众人，他们目不转睛地看着他，等待着，然后他指了指雅各布。

格林德沃
就是这个人曾经试图刺杀我。
这个人，他没有一点儿魔法，
却想娶一个女巫，污染我们的血脉。
这禁忌的结合只会令我们不堪，
让我们像他的同类般弱小。
他可不是孤例，朋友们。
想像他这样做的人成千上万。
这样的寄生虫只配得到一种对待。

格林德沃扔掉雅各布的魔杖，举起了自己的魔杖。

雅各布转向他，格林德沃用魔咒击中了雅各布，雅各布滚下阶梯，仰面倒在奎妮脚边。

邓布利多之谜

格林德沃（续）

钻心剜骨！

咒语闪电般地射出，雅各布倒在奎妮的脚边痛苦扭动。

纽特

不！

奎妮

快让他住手！

格林德沃

我们与麻瓜的战争从今天打响！

格林德沃的支持者们疯狂地欢呼。

可以看到拉莉、忒修斯和卡玛在人群中移动，表情震惊。

雅各布仍然痛苦地在地上扭动着，直到桑托斯举起魔杖解除了钻心咒。雅各布松弛下来，躺在奎妮怀里。

格林德沃把脸转向天空，享受着他的辉煌时刻。

他保持着这个姿势，深深陶醉，这时……

……他看见凤凰在空中盘旋，一根化为灰烬的羽毛从空中摇摆着落下，贴在他的脸颊上。他把它拂去，表情不安。

神奇动物

格林德沃转过身,眯起眼睛,一个身影从台阶下走了上来……

克莱登斯。

他一步步走近,看上去很虚弱,但神色桀骜,格林德沃饶有兴趣地打量着他。他停在格林德沃面前,伸出手,似乎想捧住格林德沃的脸,然后他用手指把灰烬涂抹在格林德沃的脸颊上。阿不福思和邓布利多在人群后面出现。这时克莱登斯转过身来,向那些政要们讲话。

克莱登斯
他骗了你们。那个东西已经死了。

纽特悲伤地注视着被施了咒的麒麟。

克莱登斯快没有力气了,他跪倒在地。

阿不福思想要上前帮助他,但被邓布利多轻轻拉住了。

邓布利多
等一下。等等。

纽特挣脱了抓住他的人。

纽特
他是为了骗你们。他杀了麒麟,
然后给它施咒,好让大家觉得
他有资格成为领袖。可他并不想领导
你们,他只想你们服从。

邓布利多之谜

格林德沃
谎言。这是精心编造的谎言,
让各位怀疑亲眼所见的
事实。

纽特
那一夜有两只麒麟诞生。双胞胎。
我知道的,我知道——

格林德沃
证据呢……?你根本就没有证据。
因为并没有第二只麒麟。
我说得对吗?

纽特
它的母亲被害,它……

格林德沃
那它在哪里,斯卡曼德先生?

格林德沃得意地看着纽特,突然,他的目光落到了一个穿长袍的显要人物身上……

她走上前,来到亮光下,手里拎着一个箱子,将它递给了纽特。纽特目瞪口呆地盯着它。

这个穿长袍的人抬起头……是邦迪。

神奇动物

邦迪

没人可以知道一切,纽特。

记得吗?

她扫了一眼四周,猛地——很不自在地——意识到了在场的显要人物,她走开了,纽特打开了箱盖。

一个小脑袋露了出来,东张西望。

是麒麟。

沃格尔难以置信地瞪大眼睛,紧张地盯着格林德沃,格林德沃看上去也很不安。忒修斯和拉莉惊愕地交换了一下眼神。蒂娜在美国魔法部观看这一幕。纽特比任何人都震惊,他微笑着——似乎如释重负又带着感激。

在众人的注视下,麒麟从箱子里爬出来,站直了身体,困惑地眨着眼睛,想弄清自己在什么地方。接着,它感觉到了什么,转过身来,看见:

那只被施了咒的麒麟,站在格林德沃的身边。

麒麟立刻轻轻地哀号了起来,真挚的情感令人心碎,然而另一只麒麟的表情毫无变化,眼神呆滞。

纽特在困惑的麒麟身边跪下。

邓布利多之谜

纽特
（温柔地）
它听不到的，小家伙。它不在这儿。
或许在别处听着你的呼唤……

沃格尔
这才是真正的麒麟！

沃格尔抓起被施了咒的麒麟，转向注视着的人群。

沃格尔（续）
好好看看！大家都可以亲眼
看出来……这只才是真的——

他说不下去了，手中的麒麟倒向一边，眼神黯淡而空洞。

上次在柏林出现过的英国女巫走上前来。

英国女巫
刚才这个结果不能算数！
必须重新进行投票。
好了，安东。履行职责！

沃格尔显得困惑而惊恐。

活着的麒麟慢慢走向邓布利多。

神奇动物

邓布利多
不。别别别。拜托了。

麒麟细细地打量着他,那双探究的眼睛使邓布利多不再说话。麒麟浑身发亮,开始鞠躬。

纽特好奇地、满怀同情地看着。

邓布利多(续)
我很荣幸。
（苦恼地停顿）
但正如那天晚上你们两个一起出生,
这里还有一个人。同样值得认可。
这一点我确定。

邓布利多轻轻抚摸着麒麟。

邓布利多(续)
谢谢你。

麒麟好奇地端详着他,然后朝桑托斯走去,弯腰鞠躬。格林德沃厌恶地看着。

格林德沃看着邓布利多,一时间怔住了——然后举起魔杖指向麒麟。克莱登斯看到格林德沃瞄准麒麟,立刻鼓起全身的力量,站到了格林德沃面前。

说时迟那时快,格林德沃一转身,朝克莱登斯射出个咒语,这时……

邓布利多之谜

……一道亮晃晃的闪光盾出现在克莱登斯的前面，它来自……

邓布利多和阿不福思，他们——条件反射式地——各自——射出了保护咒。

格林德沃的咒语击中了闪光盾，镜头循着他的目光，跟着咒语的轨迹，只见……

……他和邓布利多的咒语缠结在了一起。

他们四目交会，都惊讶地发现自己与对方绑在了一起。一时间，他们保持着这样的姿势，彼此连接，吸取着对方的力量，世界仿佛都定格了。然后：

血盟的链条断裂了，水晶瓶旋转着落向地面。格林德沃和邓布利多注视着血盟的光开始闪烁不定，然后一道亮光闪过，一切都变得安静……世界放慢了速度，似乎地球的自转也变慢了。

血盟继续在空中缓慢地旋转，中间的晶体裂开了。

咒语消散了。格林德沃和邓布利多的目光相遇，两人同时意识到他们被解放了。

顿时，两根魔杖举起，一道又一道亮光闪过——发射、抵挡、发射、抵挡。两人令人眼花缭乱地——宣泄般地——展示着力量。随着决斗继续，他们的距离越来越近，谁都无法占上风，谁都不愿意认输，最后，两人几乎面对面，彼此的胳膊相缠，他们……

神奇动物

停住了。胸膛起伏。眼睛盯着对方。邓布利多把手伸出去,轻轻地按在格林德沃的胸口上。格林德沃也把手放在了邓布利多的胸口。

邓布利多低下头,抬眼凝视着格林德沃的眼睛。

就在这时,一缕细细的黄光从下面的人群中射向天空。片刻之后,另一缕黄光也加入进来。然后又是一缕。

格林德沃注视着,脸上露出了大难临头般的恐惧。

邓布利多注视着更多的光在天空中交织,似乎有一种莫名的感动,他转过身,想重新回到身后那个凝固的世界。

格林德沃十分沮丧地站着。

格林德沃
还有谁会爱你,邓布利多?

血盟砸在地上。

咔嚓。

血盟碎成两半,烟雾从中间升起……地球又开始绕轴旋转,格林德沃和邓布利多周围的人们恢复了生气。

邓布利多没有转身,留下格林德沃一个人站在那里。

邓布利多之谜

格林德沃（续）
你孤身一人了。

霎时间，千百条黄线在天空中交织，所有的人都沐浴在柔和的黄光中。包括巴西和法国在内的世界各地的魔法部为桑托斯欢呼，向空中发射烟花般的黄色魔咒。格林德沃挫败地看着。

他望着那些反对他的人，人们集体向他走来，最前面是桑托斯和麒麟。他们把魔杖指向了他。

格林德沃幻影显形到陡峭的悬崖边，他在自己周围竖起一道魔咒构成的屏障，而对面的人也纷纷发出咒语。

但是只有一个人让他感兴趣：邓布利多。

格林德沃（续）
我从不是你们的敌人。从前，或现在。

无数个咒语几乎同时飞向格林德沃，他最后看了一眼邓布利多，向后倒去，幻影移形了。

忒修斯、拉莉和卡玛跑到悬崖边，其他人也跟了过去，他们看到……他消失无踪了。

邓布利多移开目光，看见阿不福思抱着克莱登斯。克莱登斯此时已十分虚弱，他带着询问地看着阿不福思，一张脸沐浴在黄光中。

神奇动物

克莱登斯

你有想念过我吗？

阿不福思

一直想。回家吧。

阿不福思伸手扶儿子站了起来。他们走下台阶时，邓布利多望着凤凰在他们身后的空中飞行，慢慢向山下行进。

纽特眺望着黄色的海洋和远处的不丹王国。他突然显得很疲倦。

邦迪

它来了。

纽特转过身，看见邦迪抱着麒麟站在那里。

纽特

你太棒了，邦迪。

邦迪摇了摇头，微笑着。

纽特（续）

来吧，小家伙。

纽特为麒麟打开了箱子。

邦迪

对不起。我一定吓坏

我喜欢罗琳笔下的角色，因为他们从来不是单一性格。格林德沃非常邪恶，但与伏地魔不同的是，他生活中并不缺少爱。我认为，他的挚爱邓布利多没有与他共同踏上这段旅程，他感到了深深的忧伤。所以，是的，格林德沃确实邪恶、阴暗、渴望权力，为了实现自己的目标可以不择手段。然而这一切的背后，隐藏着一丝失去的忧伤。

——大卫·海曼
（制片人）

神奇动物

你了吧。

纽特接过麒麟，摇了摇头。

> **纽特**
> 不，我觉得有时候只有失去过，
> 才能更好地体会它的重要性。

纽特抱着麒麟时，邦迪看着纽特的箱子。她看见了蒂娜的照片，温婉一笑。

> **邦迪**
> 可有时候你本来就……

她欲言又止。纽特端详着她。

> **邦迪**（续）
> 有时候你本来就清楚。

她转过身，朝其他人走去。

> **纽特**
> 好了，进去吧。

纽特把麒麟放进箱子，镜头切换到：

雅各布在远处注视着邓布利多。

邓布利多之谜

邓布利多
科瓦尔斯基先生,我欠你一个道歉。

雅各布转过身,看见邓布利多。

邓布利多(续)
我让你承受钻心咒的痛苦折磨,
绝对不是我的本意。

雅各布
好,不过奎妮回来了,就算
扯平了吧。
　　　　(停顿)
我能问你个事吗?

雅各布看了一眼四周,然后凑上前,低声耳语。

雅各布(续)
这个我能留着吗?就算是
留个纪念?

邓布利多低下头,看见了雅各布手里的蛇木魔杖,然后抬头打量着他。

邓布利多
我想不到还能有谁比你更配拥有它。

雅各布
谢谢你,教授。

神奇动物

雅各布高兴地咧嘴一笑，把魔杖揣进了口袋。邓布利多目送他朝奎妮走去，然后走向纽特。

邓布利多沉思地看着悬崖边，然后从口袋里拿出血盟给纽特看。

     邓布利多
 不可思议。

     纽特
 我不懂。你们不是不能互相
 攻击吗？

     邓布利多
 我们没有。他寻求杀戮。而我寻求
 护佑。我们的魔咒遭遇了。

邓布利多凄然一笑。

     邓布利多（续）
 就当是天意吧。不然的话，
 怎么才能实现我们的命运呢？

纽特好奇地看着他，忒修斯过来了。

     忒修斯
 阿不思。请答应我。务必找到他。
 阻止他。

邓布利多点点头。

远处的黄色天空开始渐渐淡去，画面慢慢地变黑……

96 外景。下东区——纽约——夜晚

……下东区的一条街上，科瓦尔斯基烘焙坊的窗户里亮着温暖的灯光。

97 内景。科瓦尔斯基烘焙坊——续前——夜晚

镜头里行人穿梭——有麻瓜，也有巫师。雅各布的婚礼蛋糕现在体面地展示着，上面的新郎新娘站到了一起。

雅各布
阿尔伯特！别忘了那些馅饼！

阿尔伯特
是，科瓦先生。

雅各布和纽特穿着相似的晨礼服站在那里，雅各布笨手笨脚地打领带。

雅各布
阿尔伯特！果酱饼干最多烤八分钟。

阿尔伯特
是，科瓦先生。

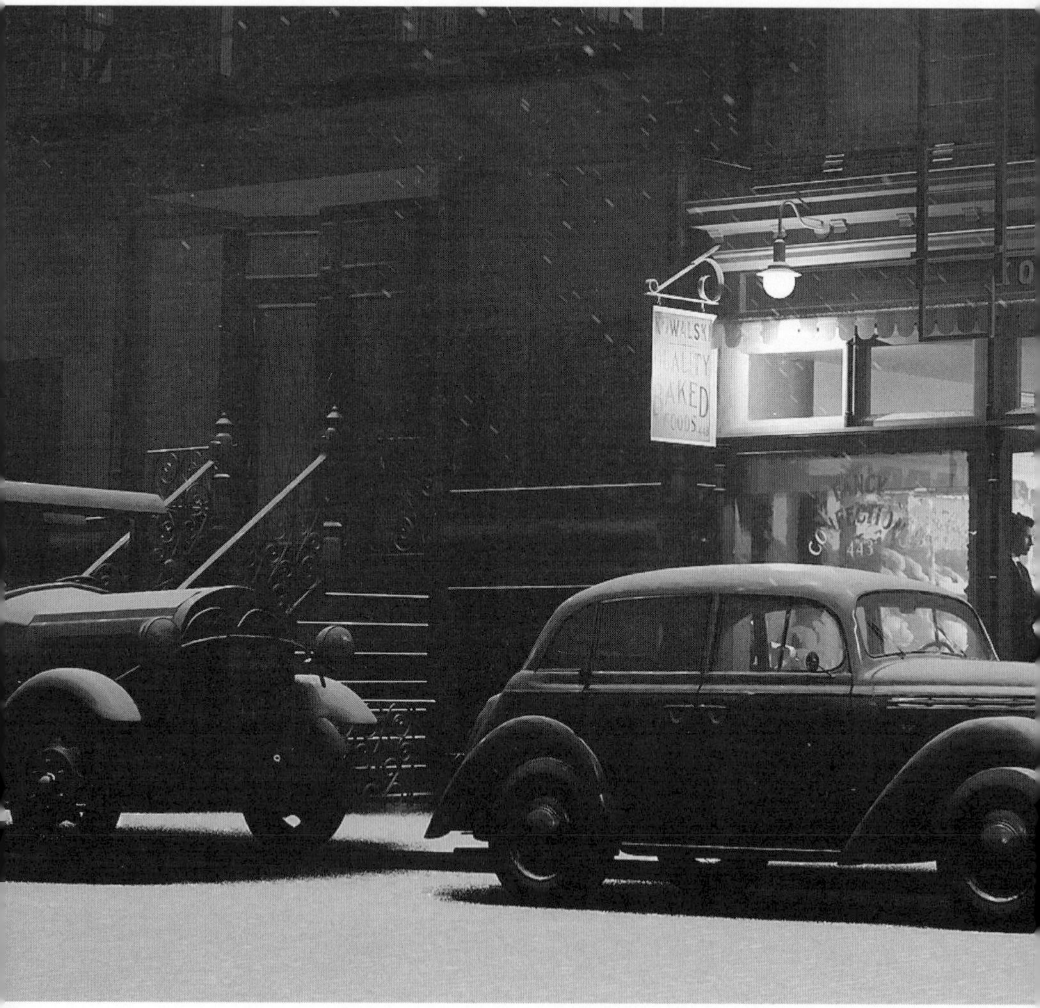

WALSK
AKED
443

科瓦尔斯基烘焙坊的场景概念图

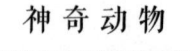

神奇动物

雅各布
（对纽特）

这孩子挺好。就是分不清蘑菇肉卷和白菜肉卷。

就在这时，奎妮穿着一袭漂亮的蕾丝长裙走了进来。

奎妮

亲爱的。

雅各布

哇！

奎妮

纽特听不懂你说的话。
我也听不懂你说的话。
而你今天不需要管工作，
还记得吗？
（看着纽特）
你没事吧，亲爱的？
（对纽特）
是在为了祝词的事紧张？别紧张。
（对雅各布）
告诉他，亲爱的——

雅各布

祝词的事不用紧张。

邓布利多之谜

纽特

我、我不紧张。

雅各布

这什么味？怎么有一股煳味！
阿尔伯特！

雅各布匆匆离去。奎妮翻了个白眼。

奎妮

我看你是在为别的事
紧张吧？

纽特

我、我不知道你在说什么。

奎妮会意地笑了笑，走开了。

98 外景。科瓦尔斯基烘焙坊——稍后——夜晚

纽特走到店门外的遮阳篷下，拿出一张纸。展开，低声念他的讲话稿。

纽特

第一次见到雅各布那天……
第一次见到雅各布那天，我们都坐在
斯蒂恩国家银行……我万万没——

纽特皱起眉头，抬起目光。看见马路对面公共汽车站的长椅上有一

神奇动物

个身影,坐在飘落的雪花中。

就在这时,什么东西吸引了纽特眼角的余光,他——慢慢地——转过身,看到一个女人在飘落的雪花中走来。他不需要再看第二眼。他知道那是谁。

是蒂娜。

纽 特(续)
我猜你是伴娘吧?

蒂 娜
我猜你是伴郎吧?

纽 特
你的发型不一样了?

蒂 娜
没有……对,确实变了,就为、就为今晚。

纽 特
很适合你。

蒂 娜
谢谢你,纽特。

两人四目相对,不再说话,这时……

邓布利多之谜

……拉莉和忒修斯出现了。

忒修斯
你们好。

纽特
嗨,看这是?

忒修斯
你还好吗?

纽特
你这身真漂亮,拉莉。

拉莉
谢谢你,纽特。谢谢夸奖。
祝你好运。

(对蒂娜)

蒂娜。来。你跟我说说
美国魔法国会最近如何。

她们闪身进了烘焙坊。

纽特刚要跟着其他人进去,却又停住了,回头看了看街上。过了片刻:

忒修斯
我呢?我这身怎么样?
你没事吧?

神奇动物

纽特

你也挺好。

忒修斯

确定没事?

纽特

我没事。

忒修斯

不紧张吧?刚拯救了
世界,演讲可不能
怯场。

两人对视了一下,然后纽特望过去,看见邓布利多坐在对面的公共汽车站长椅上。

纽特穿过积雪的街道,停在了长椅前。

邓布利多

历史性的一天啊。从今天开始
往后的日子,和以前完全不一样了。
有趣的是,身在其中的我们却感觉
它如此平淡。

纽特

或许回到正轨的世界本应
如此吧。

邓布利多之谜

邓布利多
偶尔平淡的日子真是让人
高兴。

纽特打量着他。

纽特
我之前不知道你会不会来。

邓布利多
我也不知道你会不会来。

两人的目光相触,然后邓布利多望向镜头外。烘焙坊的门打开,奎妮出现了。光彩照人。

奎妮
嘿,纽特!雅各布说他好像把戒指
弄丢了。是在你那里吧?

纽特转过身,皮克特从他口袋里冒出来,手里抓着一枚朴素的戒指,上面有一粒小小的,但很漂亮的钻石。

纽特
没丢,好着呢。

奎妮笑了笑,消失在了门里。纽特看着皮克特。

神奇动物

纽特（续）

皮克真乖。

（看着邓布利多）

我可能应该——

邓布利多什么也没说,仍然望着远处。

邓布利多

谢谢你,纽特。

纽特

谢什么?

邓布利多

谢谢你的牺牲。

纽特点点头。

邓布利多（续）

没有你,我做不到这一切。

纽特微微一笑。邓布利多只是点点头。纽特迈步离开,却又停住了。

纽特

我随时愿意再次帮你。只要你开口。

纽特好奇地打量着他,然后转身走回烘焙坊,消失在了门里。

他关门时，一个年轻女子快步走入镜头，她穿着一件红玫瑰图案的连衣裙。

她神色疑惑，惊慌地、默默地四处张望，然后发现了烘焙坊。

是邦迪。

邓布利多注视着她匆匆走了进去。

邓布利多又坐了一会儿，环顾四周，随后站了起来。

99 内景。科瓦尔斯基烘焙坊——续前——夜晚

奎妮走上前，跟雅各布一起站在一位巫师牧师面前。奎妮扭头看着雅各布，在他们身后，纽特、蒂娜、拉莉、忒修斯和阿尔伯特聚在一起，动情地注视着。

雅各布
你太漂亮了。

100 外景。科瓦尔斯基烘焙坊——续前——夜晚

邓布利多望着窗户里的一幕，暗自微笑。他把大衣的领子裹紧，然后开始离去，他独自大步穿过布满积雪的街道，走向远处寒冷的地平线。

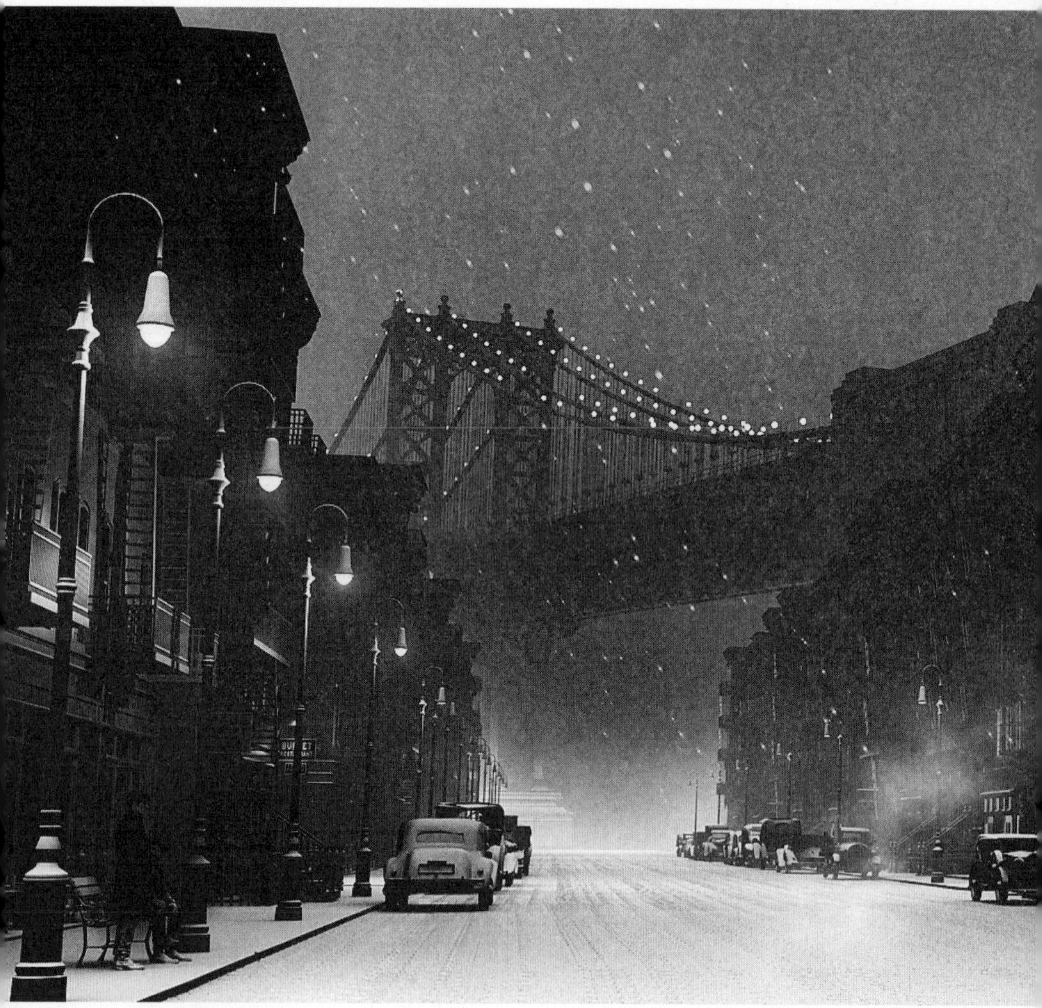

纽约下东区的场景概念图

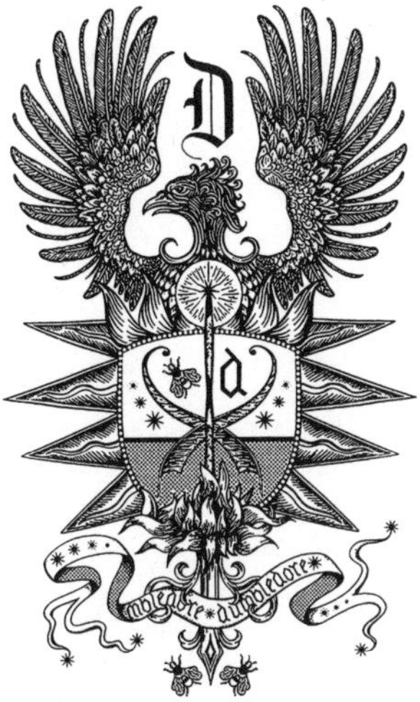

J.K. 罗琳是七部"哈利·波特"系列图书的作者,该系列作品经久不衰,具有划时代意义。同时,她还拥有其他面向儿童和成人的独立作品,并化名罗伯特·加尔布雷思创作了科莫兰·斯特莱克推理系列小说。她的许多作品已被改编为影视剧。她与别人合作的成果包括舞台剧《哈利·波特与被诅咒的孩子》,这部作品延续了哈利·波特的故事;此外还有基于"哈利·波特"衍生作品《神奇动物在哪里》创作的一系列新电影。

斯蒂夫·科洛夫斯基于J.K.罗琳广受喜爱的原著编写了七部"哈利·波特"系列电影剧本。他还是电影《神奇动物在哪里》和《神奇动物:格林德沃之罪》的制作人之一,近期参与制作了电影《森林之子毛克利》。

他制作的电影还包括《爱的召集令》《奇迹男孩》《无情大地有情天》和《一曲相思情未了》。同时,他也是后两部作品的导演。

J.K. 罗琳其他作品

哈利·波特与魔法石
哈利·波特与密室
哈利·波特与阿兹卡班囚徒
哈利·波特与火焰杯
哈利·波特与凤凰社
哈利·波特与"混血王子"
哈利·波特与死亡圣器

神奇动物在哪里
神奇的魁地奇球
(出版收入用于资助喜剧救济基金会和"荧光闪烁")

诗翁彼豆故事集
(出版收入用于资助"荧光闪烁")

哈利·波特与被诅咒的孩子
(根据J.K.罗琳、约翰·蒂法尼
和杰克·索恩的原创故事改编,杰克·索恩执笔)

神奇动物在哪里(原创电影剧本)
神奇动物:格林德沃之罪(原创电影剧本)

伊卡狛格
平安小猪

特别感谢《神奇动物：邓布利多之谜》剧组中的演员、工作人员及创意团队，本书中的评论文字、场景概念图、设计草图及平面设计图均由他们贡献。

* ✹ *

本书由狂人设计工作室的保罗·凯珀尔和亚历克斯·布鲁斯设计。